Les Démons d'Alexia

Dessin : Ers
Scénario : Dugomier
Couleurs : Scarlett Smulkowski

4. Le Syndrome de Salem

DUPUIS

Résumé des trois premiers tomes:

Exorciste au Centre de Recherche des Phénomènes Surnaturels (le C.R.P.S.), Alexia découvre qu'elle est aussi sorcière. Et non des moindres, elle descend des puissantes sorcières de Salem.

Sa capacité unique à manipuler la magie blanche et la magie noire la destine à s'attaquer aux mystères complexes qui entourent le C.R.P.S.

Stoughton, le vieux directeur, seul survivant de la catastrophe de 1985 qui a décimé le personnel du C.R.P.S., dirige à nouveau l'institution d'une main de fer. Il est le descendant de l'inquisiteur qui condamna à mort les sorcières de Salem en 1692. Fanatique acharné, il pourchasse Alexia.

Alexia apprend que le but de la catastrophe de 1985 était d'éliminer un envoûtement tenu par la famille Stoughton depuis 3 siècles. Cet envoûtement devait empêcher toute naissance d'une fille parmi les descendants des sorcières de Salem. Alexia est la première sorcière de Salem née depuis 1692.

Afin de comprendre son terrifiant destin, Alexia se rend à Yorthopia, le pays mythique et banque de données de l'occultisme. Pour y accéder, elle doit faire un choix définitif, exorciste ou sorcière, en signant dans le registre de magie adéquat.

Alexia choisit de signer dans les deux livres et devient définitivement exorciste et sorcière. Une aberration très mal vue par l'esprit de l'ancêtre sorcière d'Alexia, Sarah Perkins, qui voyait en elle la renaissance de l'ordre des sorcières de Salem.

SPIROU.COM

Dépôt légal : septembre 2007 — D.2007/0089/171
ISBN 978-2-8001-3886-2

Imprimé en Belgique.
www.dupuis.com

L'AUTOMNE S'ACHARNE SUR L'UNE DES INSTITUTIONS LES PLUS DISCRÈTES AU MONDE.
LE CENTRE DE RECHERCHE DES PHÉNOMÈNES SURNATURELS.
C.R.P.S
PEU IMPORTE LE TUMULTE ...
L'EAU, L'AIR ET LE FEU SONT AMIS EN MON DOMAINE.
ERS - DUGOMIER . IV . 01
MAIS QUELQU'UN PROFITE DE CE MOMENT POUR ENFREINDRE LES LOIS.
CELA NE PEUT ÉCHAPPER À MA SAGACITÉ !
QUELQU'UN A OUVERT LA ZONE INTERDITE.
ZONE 85
LA ZONE 85.
DANS LE DÉSORDRE QUE VIT LE C.R.P.S., COMMENT SAVOIR QUI ŒUVRE POUR LE BIEN OU LE MAL ?

VOUS ÊTES REPÉRÉ, MONSIEUR ZÜND!
...!
PERSONNE!
APPROCHEZ-VOUS DE LA GRILLE D'AÉRATION, PAUVRE NIAIS.
PAOLO CAPALDI!
MON RÉSEAU D'ÉCOUTE S'EST AGRANDI DEPUIS LE DÉSENVOÛTEMENT DE LA ZONE 85!
...
ET JE SAIS POURQUOI VOUS ÊTES LÀ!
EN NÉCROMANCIEN AUTOSATISFAIT, VOUS VOUS CROYEZ FORT DE RETROUVER LES ÂMES ERRANTES DES VICTIMES DE LA CATASTROPHE DE 1985...
... AFIN DE VOUS ASSURER DE LA VÉRACITÉ DU RÉCIT DE STOUGHTON.
FAUX! JE CROIS VOLONTIERS QUE LE C.R.P.S. A SUBI UNE ATTAQUE DES SORCIÈRES DE SALEM. ET JE NE DOUTE PAS NON PLUS QUE POUR LE DÉFENDRE, NOTRE DIRECTEUR A CRÉÉ UN ENVOÛTEMENT... SACRIFIANT AU PASSAGE LES 42 SCIENTIFIQUES PRÉSENTS.
QUE CHERCHEZ-VOUS, ALORS?
L'IMPORTANT N'EST PAS DE SAVOIR CE QUE L'ON CHERCHE, MAIS DE TROUVER!... EN BON MÉDIUM, VOUS DEVRIEZ SAVOIR CELA!

PAS UNE ÂME.
JE NE SENS PAS UNE ÂME !... STOUGHTON A VRAIMENT TOUT ANÉANTI.
Espace d'accès à Yorthopia
YORTHOPIA. C'EST DE LÀ QU'EST VENUE L'ATTAQUE DES SORCIÈRES.
TOUS CES CADAVRES... IL EST ÉTONNANT QU'UN FOU DE DIEU TEL QUE STOUGHTON N'AIT PAS JUGÉ UTILE DE LEUR OFFRIR UNE SÉPULTURE.
UN COUTEAU !?
CE TYPE A ÉTÉ TUÉ AVANT L'ENVOÛTEMENT DE STOUGHTON.
ERS-DUGOMIER .IV.03
LES AUTRES CORPS ?... DIFFICILE D'Y CONSTATER DES TRACES DE BLESSURE.
QUE S'EST-IL RÉELLEMENT PASSÉ LE 21 DÉCEMBRE 1985 À UNE HEURE DU MATIN ?
ET SI STOUGHTON AVAIT CRÉÉ CET ENVOÛTEMENT POUR CACHER UN AUTRE CRIME ?...
... SANS DOUTE PIRE ENCORE.

C.R.P.S.
NOUS AURONS BIENTÔT UN DESCENDANT.
LE RÈGNE DES STOUGHTON SUR LE C.R.P.S. DOIT ÊTRE ÉTERNEL.
NOUS DEVONS PROTÉGER L'HUMANITÉ D'UN RETOUR DES SORCIÈRES DE SALEM.
IL EN EST AINSI DEPUIS 1692 !
TCHAC
KLAK
QUELLE EST VOTRE DÉCISION, MADEMOISELLE BÉRÉNICE ?
VO... VOTRE DEMANDE M'HONORE BEAUCOUP, MONSIEUR LE DIRECTEUR.
MAIS J'AI BESOIN DE QUELQUES JOURS DE RÉFLEXION SUPPLÉMENTAIRES.
IL ME FAUT UN FILS ! VITE !
JE VOUS DONNE CINQ JOURS...
ERS-DUGOMIER. IV. 04
ET SI VOUS NE ME RENDEZ PAS CE SERVICE DE BONNE GRÂCE...
VOUS ME VERREZ OBLIGÉ D'UTILISER LA FORCE !
SLAM

SAUF VOTRE RESPECT, MONSIEUR LE DIRECTEUR, VOUS AVEZ DONNÉ TOUTE VOTRE ÉNERGIE POUR ENTRETENIR L'ENVOÛTEMENT DE LA ZONE 85. EN L'ÉTAT, VOUS N'ÊTES PAS CAPABLE DE...
AU DIABLE VOS BILANS DE SANTÉ !... LA VOLONTÉ DIVINE EST EN MOI !
JE N'EN DOUTE PAS, MAIS SEULS DES EXERCICES RÉGULIERS VIENDRONT À BOUT DE VOTRE DÉFAILLANCE PASSAGÈRE, ET...
DISPARAISSEZ, J'AI À FAIRE !
NETTOYEZ CE COULOIR !
IL FAUT TOUT NETTOYER, ICI !...
TOUT !
PAOLO CAPALDI ! POURQUOI ÊTES-VOUS PASSÉ DE YORTHOPIA AU C.R.P.S. LE 21 DÉCEMBRE 1985 ?
PAOLO CAPALDI
RÉPONDEZ !
SBAAK
NON.
QUEL ÉTAIT VOTRE RÔLE LORS DE L'ATTAQUE DES SORCIÈRES SUR LE CENTRE ? J'EXIGE DES EXPLICATIONS !
VOUS DEVIEZ ME LIBÉRER SI JE TUAIS ALEXIA ...
C'EST CHOSE FAITE, ET JE SUIS TOUJOURS ICI...
JE NE DIRAI RIEN !
ERS - DUGOMIER. IV.05
C'EST VOUS, PAOLO QUI M'OBLIGEZ À UTILISER LA FORCE !
PERSONNE N'A JAMAIS PÉNÉTRÉ DANS VOTRE ANTRE !?... JE SERAI LE PREMIER !
SLAM
JE VAIS EXPLOSER VOTRE PORTE !

CETTE FOIS, JE DOIS Y ARRIVER!
NE ME REJETTE PAS ...
TU ES UN LIEU RÉSERVÉ AUX ADEPTES DE LA MAGIE BLANCHE ET JE SUIS DE TON BORD ...
JE SAIS QUE TU EXPLORES MON ÂME!... TU Y TROUVERAS UNE DUALITÉ.
ERS-DUGOMIER. IV. 06
PEU IMPORTE SI JE SUIS AUSSI ADEPTE DE LA MAGIE NOIRE ...
C'EST L'EXORCISTE QUI EST LÀ, PAS LA SORCIÈRE!

SORS DE LÃ, MA PETITE! ...
SORS DE LÃ, MA DOUCE ET TENDRE!
TU DOIS SURVIVRE!
SURVIVRE!
KKRRR
KRRR
ERS-DUGOMIER. IX.07
AAA...

!...
CO... COMMENT SUIS-JE SORTIE?
ON M'A TIRÉE JUSQU'ICI ...
QUI? ...
DANS UN LIEU BLANC, ÇA NE PEUT ÊTRE SARAH PERKINS, MON ILLUSTRE ANCÊTRE SORCIÈRE.
POURTANT, ELLE DOIT SE TERRER QUELQUE PART DANS YORTHOPIA ...
EN ESPÉRANT ME RAMENER À SA CAUSE.
LES SORCIÈRES DE SALEM DOIVENT SURVIVRE!
COMME NOUS AVONS SURVÉCU AU MASSACRE DE 1692.
ERS-DUGOMIER. IV. 08
POURTANT, L'HISTOIRE EST UN ÉTERNEL RECOMMENCEMENT...
LE SYNDROME DE SALEM EST UNE FATALITÉ ...
UNE FATALITÉ!
IL SE REPRODUIRA! ...

C'ÉTAIT LA TENTATIVE DE TROP ! ...
YORTHOPIA EST TROP FORT POUR MOI.
IL N'Y A POURTANT QU'ICI QUE JE POURRAI DÉCOUVRIR POURQUOI MON DESTIN DE SORCIÈRE A ÉTÉ CONTRARIÉ, ET PAR QUI...
DANS CE FOUTU PAYS, BANQUE DE DONNÉES DU MONDE OCCULTE.
JE PERDS MON SANG, ET JE ME SENS BIEN... SI BIEN !
ERS-DUGOMIER. IV. 09
APAISÉE, COMME APRÈS AVOIR FAIT L'AMOUR.
AVANT DE MOURIR, J'AURAIS AIMÉ SAVOIR QUI JE SUIS.

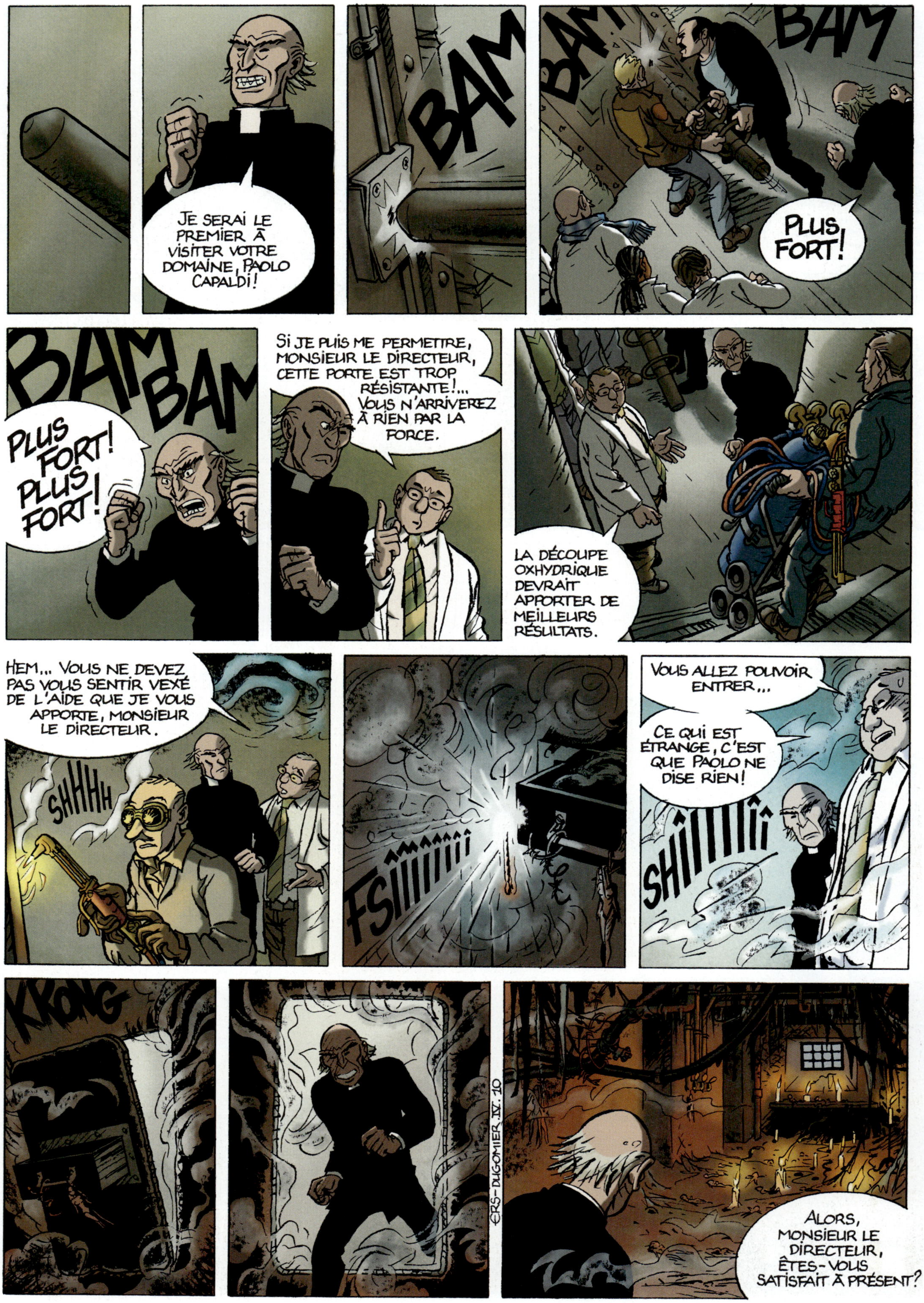

JE SERAI LE PREMIER À VISITER VOTRE DOMAINE, PAOLO CAPALDI!
BAM
BAM
BAM
PLUS FORT!
BAM
BAM
PLUS FORT! PLUS FORT!
SI JE PUIS ME PERMETTRE, MONSIEUR LE DIRECTEUR, CETTE PORTE EST TROP RÉSISTANTE!... VOUS N'ARRIVEREZ À RIEN PAR LA FORCE.
LA DÉCOUPE OXHYDRIQUE DEVRAIT APPORTER DE MEILLEURS RÉSULTATS.
HEM... VOUS NE DEVEZ PAS VOUS SENTIR VEXÉ DE L'AIDE QUE JE VOUS APPORTE, MONSIEUR LE DIRECTEUR.
SHHHH
FSÎÎÎÎÎÎÎÎÎ
VOUS ALLEZ POUVOIR ENTRER...
CE QUI EST ÉTRANGE, C'EST QUE PAOLO NE DISE RIEN!
SHÎÎÎÎÎÎÎ
KRONG
ERS-DUGOMIER IV. 10
ALORS, MONSIEUR LE DIRECTEUR, ÊTES-VOUS SATISFAIT À PRÉSENT?

L'ESPACE PRIVÉ DE PAOLO EST SOUS PROTECTION DU C.R.P.S. DEPUIS 1985...
VOUS ÉTAIT-IL INDISPENSABLE DE LE VIOLER ?
JUGER MES ACTES EST DU RESSORT DE DIEU, ET DE DIEU SEUL !... SUIVEZ MA CONDUITE, OU QUITTEZ LE CENTRE, MONSIEUR ZÜND !
VOUS TROIS ! SORTEZ PAOLO DE CE CLOAQUE !
COMMENT UN HOMME PEUT-IL VIVRE ICI, ENTOURÉ DE CETTE SUBSTANCE GLUANTE ?
TOUCHE PAS, ÇA BRÛLE LA PEAU... ET PAS UN PEU !...
C'EST DÉGUEULASSE, ON DIRAIT DES DÉJECTIONS, MAIS ÇA N'A PAS D'ODEUR.
BIBLE
LES GARS, JE SAIS OÙ IL EST CACHÉ !
C'EST INSUPPORTABLE, MES MAINS BRÛLENT DE PLUS EN PLUS !
CETTE SALOPERIE ATTAQUE MÊME LES HABITS !
ERS-DUGOMIER.IV.11
ATTENTION À CE QUE VOUS TOUCH...
VLARG

VLORG
HAAAAAAAAA
AAAAAAA
VOUS NE POUVEZ RIEN POUR EUX! AIDEZ-MOI PLUTÔT!
AAAAAAA
BRISEZ CETTE CANALISATION D'EAU!
AAAAAAAAA
DONNE-MOI TES HABITS!
MESSIEURS, PAOLO N'ÉTAIT PLUS DANS SA CAVE!
AA... A... A...
MAIS... C'EST... C'EST IMPOSSIBLE!
C'EST POSSIBLE!... C'EST JUSTE INCOMPRÉHENSIBLE!
JE DOIS VÉRIFIER QUELQUE CHOSE AU PLUS VITE...
SEUL!
ILS... ILS SE SONT TUS?
LA ZONE 85 EST OUVERTE! IL A FAIT VITE!
ZONE 8
ERS - DUGOMIER. IV. 12
Espace d'accès à Yarthopia

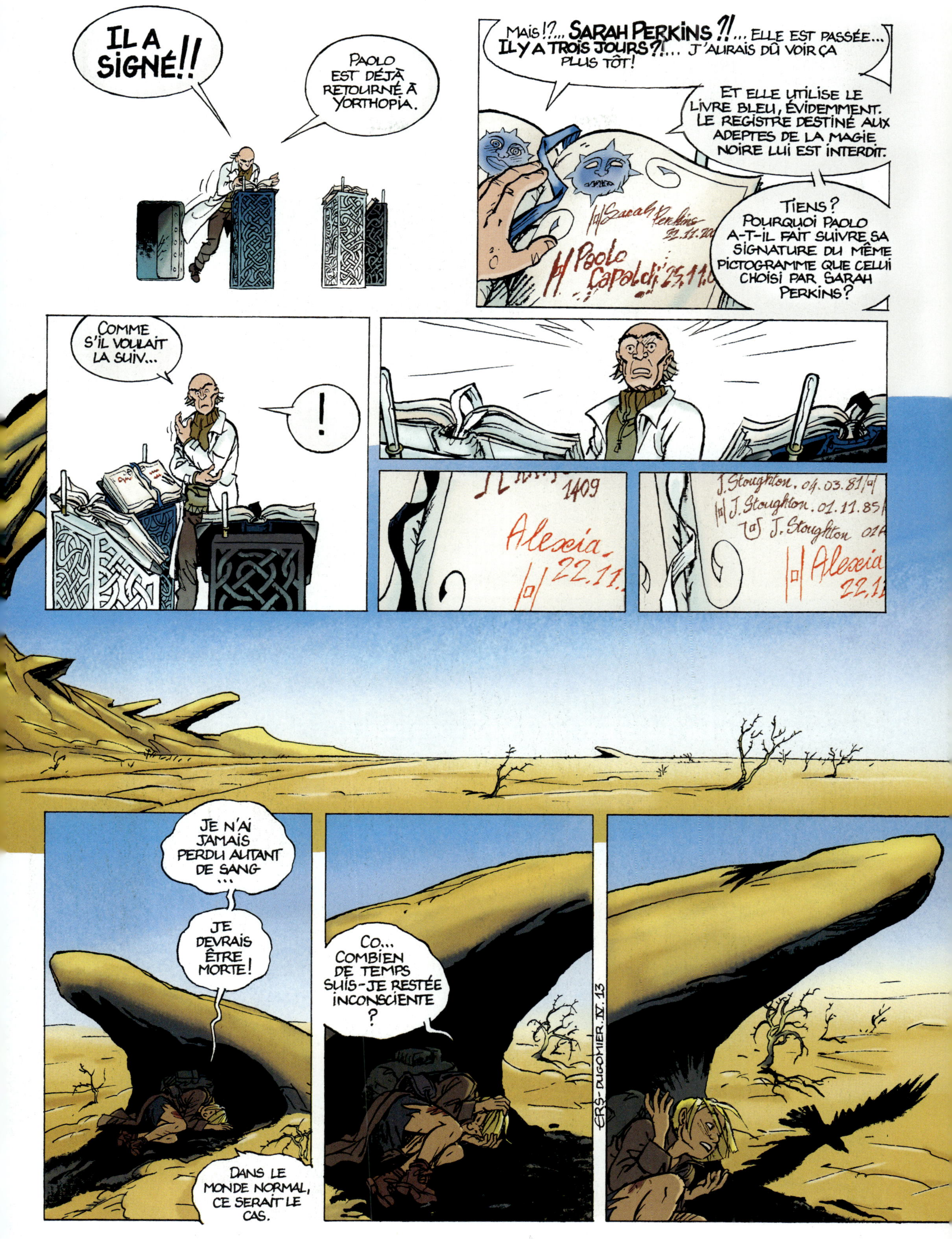
IL A SIGNÉ!!
PAOLO EST DÉJÀ RETOURNÉ À YORTHOPIA.
MAIS!?... SARAH PERKINS ?!... ELLE EST PASSÉE... IL Y A TROIS JOURS?!... J'AURAIS DÛ VOIR ÇA PLUS TÔT!
ET ELLE UTILISE LE LIVRE BLEU, ÉVIDEMMENT. LE REGISTRE DESTINÉ AUX ADEPTES DE LA MAGIE NOIRE LUI EST INTERDIT.
TIENS? POURQUOI PAOLO A-T-IL FAIT SUIVRE SA SIGNATURE DU MÊME PICTOGRAMME QUE CELUI CHOISI PAR SARAH PERKINS?
COMME S'IL VOULAIT LA SUIV...
!
Alexia 22.11.
J. Stoughton. 04.03.81
J. Stoughton. 01.11.85
Alexia 22.11
JE N'AI JAMAIS PERDU AUTANT DE SANG...
JE DEVRAIS ÊTRE MORTE!
DANS LE MONDE NORMAL, CE SERAIT LE CAS.
CO... COMBIEN DE TEMPS SUIS-JE RESTÉE INCONSCIENTE ?
ERS-DUGOMIER. IV. 13

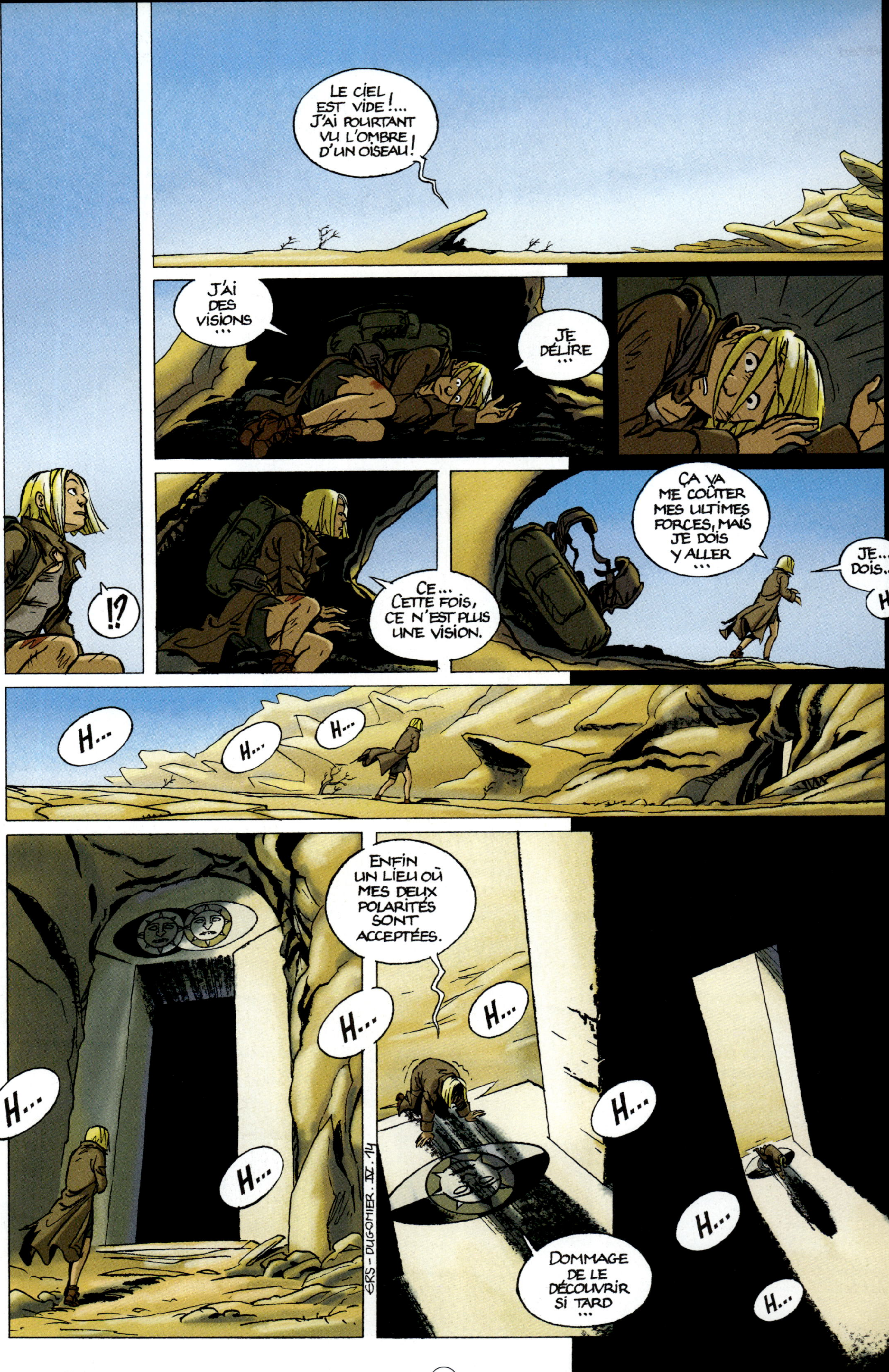
LE CIEL EST VIDE !... J'AI POURTANT VU L'OMBRE D'UN OISEAU !
J'AI DES VISIONS ...
JE DÉLIRE ...
!?
CE... CETTE FOIS, CE N'EST PLUS UNE VISION.
ÇA VA ME COÛTER MES ULTIMES FORCES, MAIS JE DOIS Y ALLER ...
JE... DOIS...
H...
H...
H...
H...
ENFIN UN LIEU OÙ MES DEUX POLARITÉS SONT ACCEPTÉES.
H...
H...
H...
H...
H...
H...
DOMMAGE DE LE DÉCOUVRIR SI TARD ...
H...

ICI, JE SERAI EN SÉCURITÉ.
H...
H...
JE SUIS À BOUT!...
H...
DORMIR...
DOR...
WHOMMM
HAAA!
NON!
NOON!
QU'EST-CE QUI TE PREND, ALEXIA?... TU DEVIENS FOLLE?...
H...
H...
CETTE FLAMME EST JUSTE DESTINÉE À ALLUMER CES TORCHES.
NON!
H...
H...
ERS-DUGOMIER. IV. 15
JE DOIS SORTIR!...
J'AI PEUR!...
H...
JE NE PEUX PAS CONTOURNER CE FEU!...
TROP PEUR!
JE... JE DOIS M'ÉLOIGNER!...
H...
TROUVER UNE AUTRE SORTIE!...
VITE!

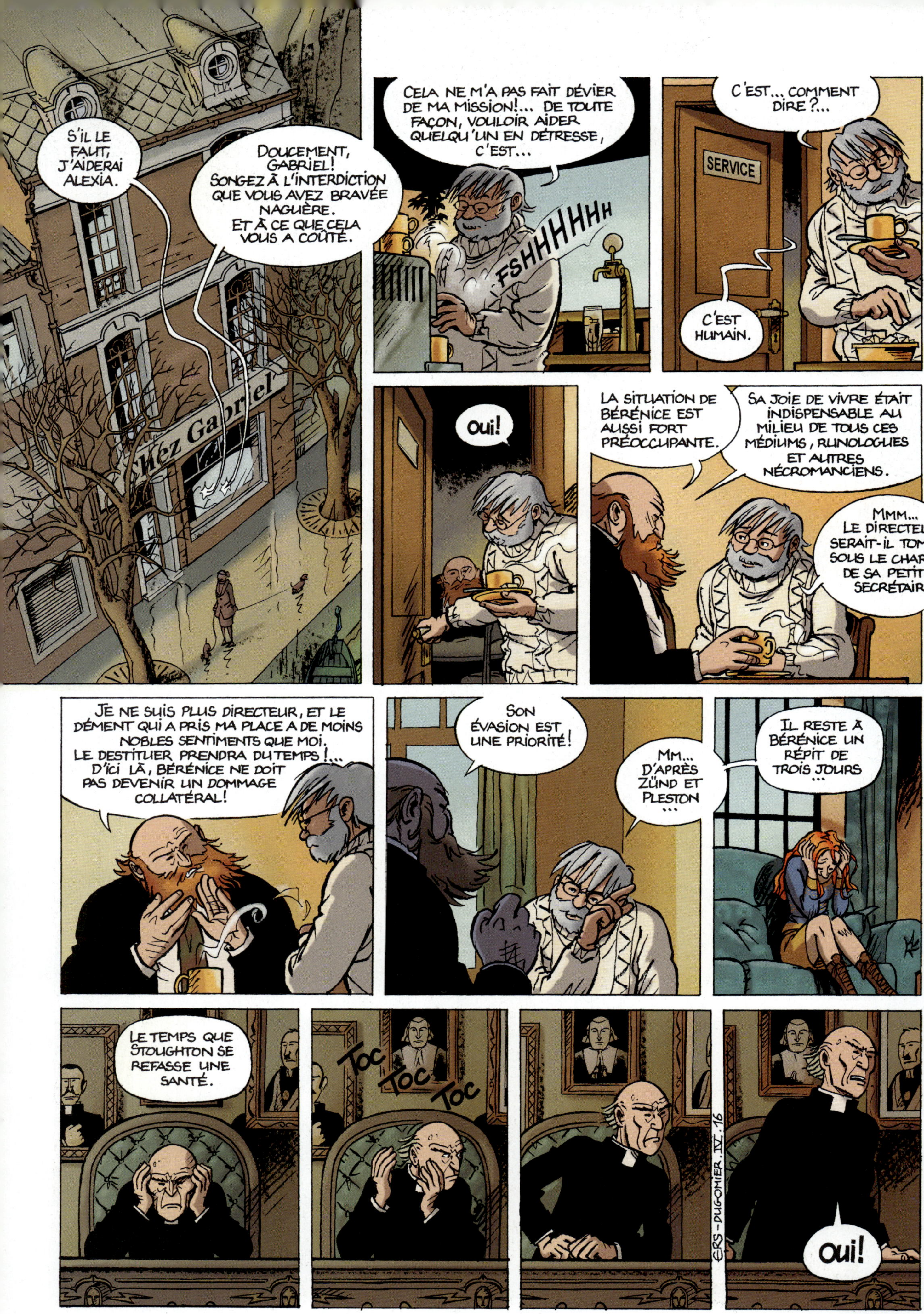
S'IL LE FAUT, J'AIDERAI ALEXIA.
DOUCEMENT, GABRIEL! SONGEZ À L'INTERDICTION QUE VOUS AVEZ BRAVÉE NAGUÈRE. ET À CE QUE CELA VOUS A COÛTÉ.
Chez Gabriel
CELA NE M'A PAS FAIT DÉVIER DE MA MISSION!... DE TOUTE FAÇON, VOULOIR AIDER QUELQU'UN EN DÉTRESSE, C'EST...
FSHHHHHHH
C'EST... COMMENT DIRE ?...
SERVICE
C'EST HUMAIN.
OUI!
LA SITUATION DE BÉRÉNICE EST AUSSI FORT PRÉOCCUPANTE.
SA JOIE DE VIVRE ÉTAIT INDISPENSABLE AU MILIEU DE TOUS CES MÉDIUMS, RUNOLOGUES ET AUTRES NÉCROMANCIENS.
MMM... LE DIRECTEUR SERAIT-IL TOMBÉ SOUS LE CHARME DE SA PETITE SECRÉTAIRE?
JE NE SUIS PLUS DIRECTEUR, ET LE DÉMENT QUI A PRIS MA PLACE A DE MOINS NOBLES SENTIMENTS QUE MOI. LE DESTITUER PRENDRA DU TEMPS !... D'ICI LÀ, BÉRÉNICE NE DOIT PAS DEVENIR UN DOMMAGE COLLATÉRAL!
SON ÉVASION EST UNE PRIORITÉ!
MM... D'APRÈS ZÜND ET PLESTON ...
IL RESTE À BÉRÉNICE UN RÉPIT DE TROIS JOURS ...
LE TEMPS QUE STOUGHTON SE REFASSE UNE SANTÉ.
TOC TOC TOC
ERS-DUGOMIER. IV.16
OUI!

... JE PENSE QUE L'INSÉMINATION ARTIFICIELLE POURRAIT ÊTRE UNE SOLUTION À VOS PROBLÈMES DE...
MA FOI S'OPPOSE À CETTE TECHNIQUE! ... ET SACHEZ QUE JE SUIS RÉTABLI!
BIEN SÛR!... L'AUTRE AVANTAGE EST QUE VOUS CONSERVEREZ INTACT VOTRE VOEU DE CHASTETÉ.
COMMENT OSEZ-VOUS?
CET ACTE EST UNE PARENTHÈSE DANS LES VOEUX PRONONCÉS PAR LES STOUGHTON! IL N'EST PAS QUESTION DE PLAISIR DE LA CHAIR, MAIS DE PERPÉTUER NOTRE MISSION SACRÉE!
VOUS VENEZ D'INSULTER 300 ANS DE PIEUX SACRIFICE! SORTEZ!
SLAM
CE... CET ACTE, CHAQUE STOUGHTON DOIT LE POSER ...
ET MOI AUSSI!... MOI AUSSI! ...
ÇA A HURLÉ CHEZ LE DIRECTEUR! HEUREUSEMENT, JE SUIS PASSÉ AVANT.
IL T'A FAIT DES CONFIDENCES ?!? QUEL PRIVILÈGE! TU ES IMBATTABLE DANS LE RÔLE DU FAYOT!
C'EST POUR LE BIEN DU C.R.P.S., OLOF!
PRIVILÈGE AUSSI, CES VASTES BUREAUX? OH! SUIS-JE DISTRAIT!... HÉ-RI-TAGE!... QUEL MÉRITE D'ÊTRE LE FILS DE DONALD PLESTON, LE GRAND ALCHIMISTE AU TALENT INÉGALABLE!
ET QUEL DÉFI DE VOULOIR MARCHER SUR SES TRACES!... TSS... TSS... LA MEILLEURE FAÇON DE SE TROMPER DE VOIE, HAROLD!
!...
ALEXIA EST PASSÉE À YORTHOPIA IL Y A HUIT JOURS!
ERS-DUGOMIER. IV. 17
ALEXIA EST VIVANTE !?!
TIENS? TU CESSES TES SARCASMES?

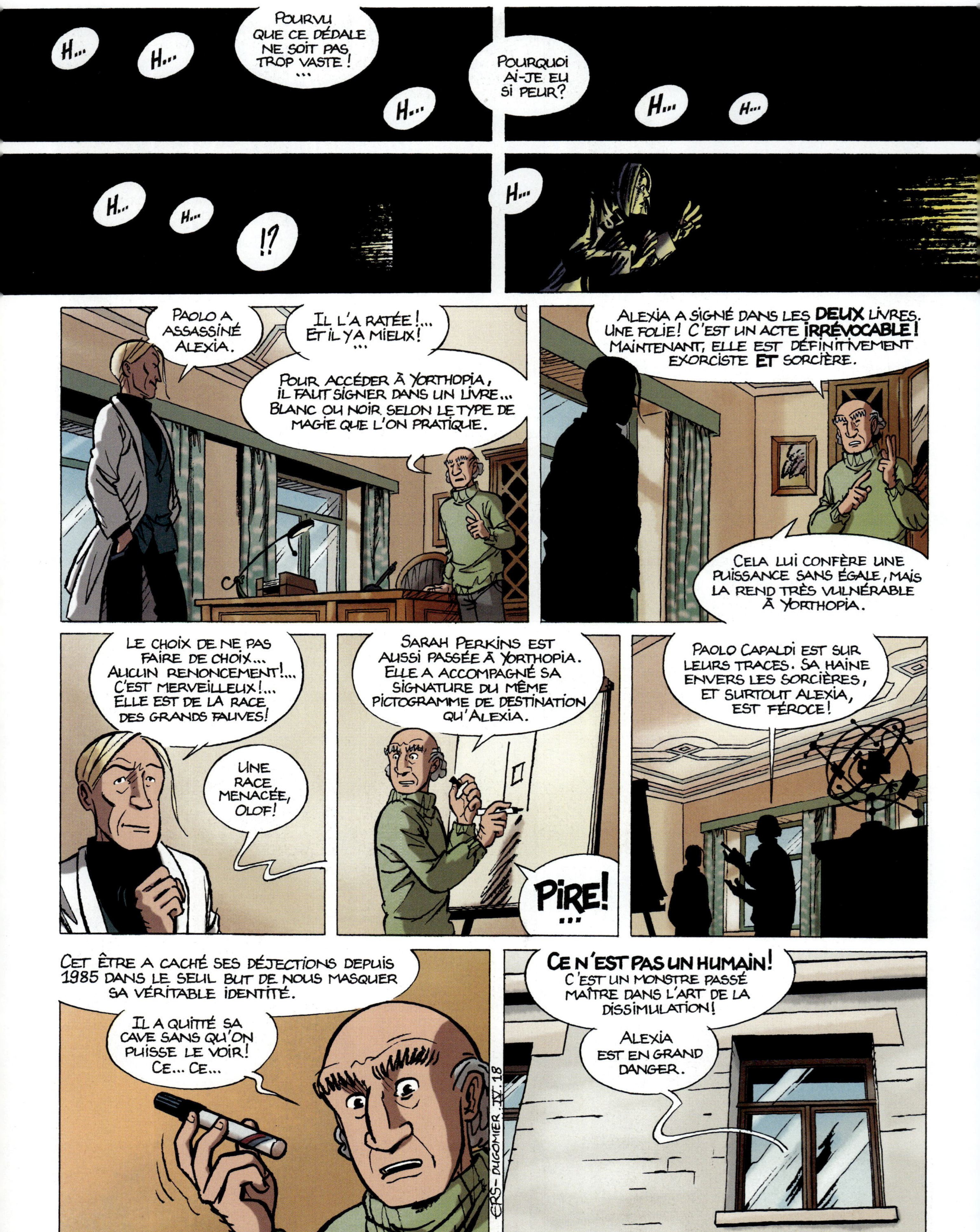
H...
H...
POURVU QUE CE DÉDALE NE SOIT PAS TROP VASTE ! ...
H...
POURQUOI AI-JE EU SI PEUR?
H...
H...
H...
H...
!?
H...
PAOLO A ASSASSINÉ ALEXIA.
IL L'A RATÉE !... ET IL Y A MIEUX ! ...
POUR ACCÉDER À YORTHOPIA, IL FAUT SIGNER DANS UN LIVRE... BLANC OU NOIR SELON LE TYPE DE MAGIE QUE L'ON PRATIQUE.
ALEXIA A SIGNÉ DANS LES DEUX LIVRES. UNE FOLIE ! C'EST UN ACTE IRRÉVOCABLE ! MAINTENANT, ELLE EST DÉFINITIVEMENT EXORCISTE ET SORCIÈRE.
CELA LUI CONFÈRE UNE PUISSANCE SANS ÉGALE, MAIS LA REND TRÈS VULNÉRABLE À YORTHOPIA.
LE CHOIX DE NE PAS FAIRE DE CHOIX... AUCUN RENONCEMENT !... C'EST MERVEILLEUX !... ELLE EST DE LA RACE DES GRANDS FAUVES !
UNE RACE MENACÉE, OLOF !
SARAH PERKINS EST AUSSI PASSÉE À YORTHOPIA. ELLE A ACCOMPAGNÉ SA SIGNATURE DU MÊME PICTOGRAMME DE DESTINATION QU'ALEXIA.
PIRE ! ...
PAOLO CAPALDI EST SUR LEURS TRACES. SA HAINE ENVERS LES SORCIÈRES, ET SURTOUT ALEXIA, EST FÉROCE !
CET ÊTRE A CACHÉ SES DÉJECTIONS DEPUIS 1985 DANS LE SEUL BUT DE NOUS MASQUER SA VÉRITABLE IDENTITÉ.
IL A QUITTÉ SA CAVE SANS QU'ON PUISSE LE VOIR ! CE... CE...
ERS - DUGOMIER . IV . 18
CE N'EST PAS UN HUMAIN ! C'EST UN MONSTRE PASSÉ MAÎTRE DANS L'ART DE LA DISSIMULATION !
ALEXIA EST EN GRAND DANGER.

TAC
TAC
ÇA VA, IL N'Y A PAS DE FLAMME QUI S'ALLUME ...
H...
H...
H...
ME REPOSER ...
H...
MANGER, AUSSI ! ...
H...
LE PEU QUE J'AVAIS EST RESTÉ DANS MON SAC.
À MOINS QUE...
JE N'AI PAS BEAUCOUP PENSÉ À TOI DEPUIS MON ARRIVÉE AU C.R.P.S. POURTANT, TES BRAS, TES CARESSES M'AURAIENT FAIT TANT DE BIEN.
ERS-DUGOMIER. IV. 19
TIC
TIC
TOC

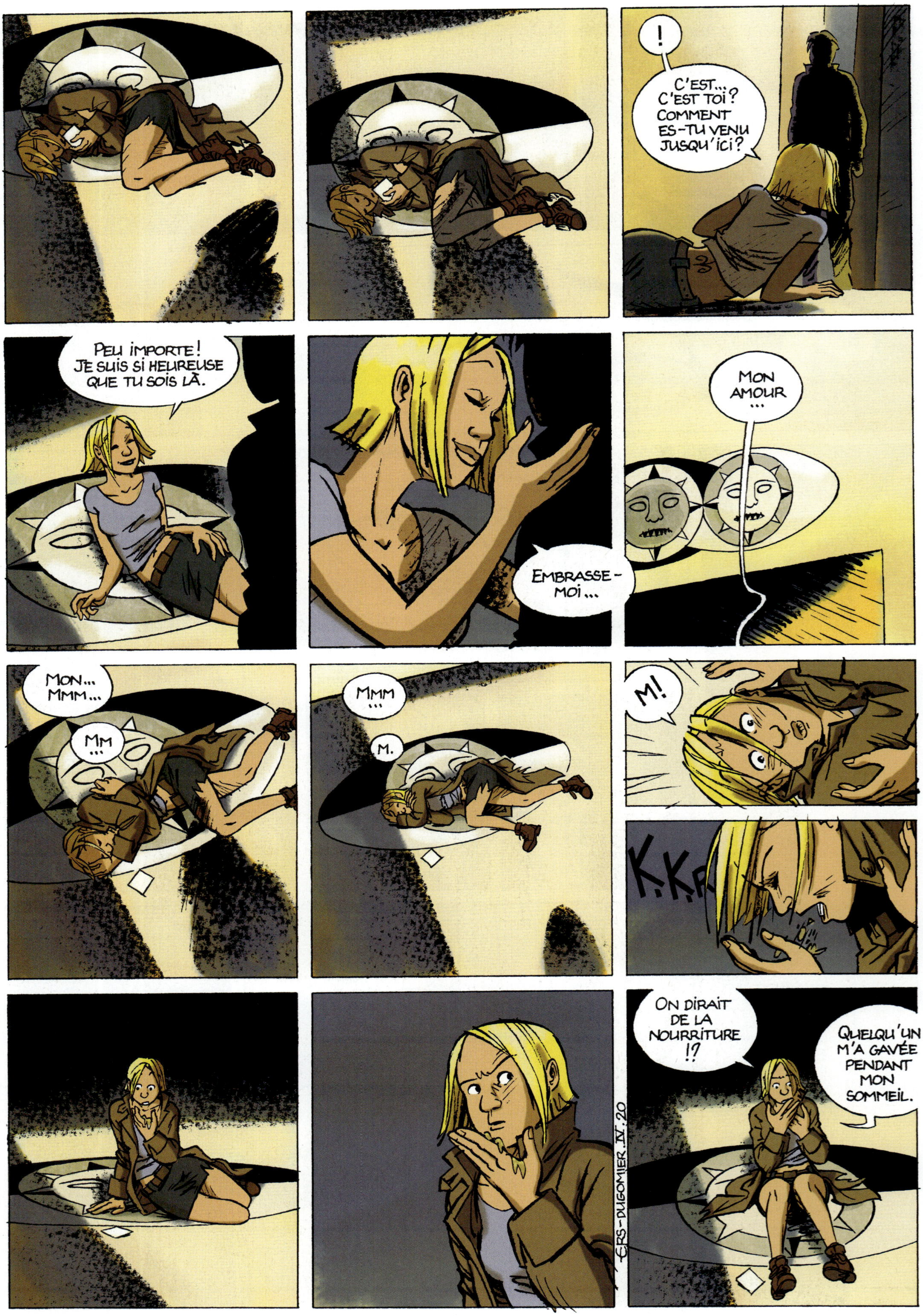
!
C'EST... C'EST TOI ? COMMENT ES-TU VENU JUSQU'ICI ?
PEU IMPORTE ! JE SUIS SI HEUREUSE QUE TU SOIS LÀ.
EMBRASSE-MOI...
MON AMOUR ...
MON... MMM...
MM ...
MMM ...
M.
M!
K.K.R
ON DIRAIT DE LA NOURRITURE !?
QUELQU'UN M'A GAVÉE PENDANT MON SOMMEIL.
ERS-DUGOMIER. IV. 20

J'ai vraiment le ventre plein. Qui a bien pu faire ça?
En tout cas, c'est roboratif! Ça fait un bien fou!
Tout comme ce rêve... Mmh... Bon pour le moral, tout ça!
Je dois en profiter pour avancer...
Et sortir de cette tranchée!
Plus j'avance, plus je m'enfonce!
J'ai présumé de mes forces!
Ohé, le bienfaiteur qui m'a alimentée?! ...
Vous êtes le bienvenu!
Hahaha! Si ça se trouve, c'est cette vieille carne de Sarah Perkins qui me l'envoie ...
Pour prolonger mon agonie.
IV.21

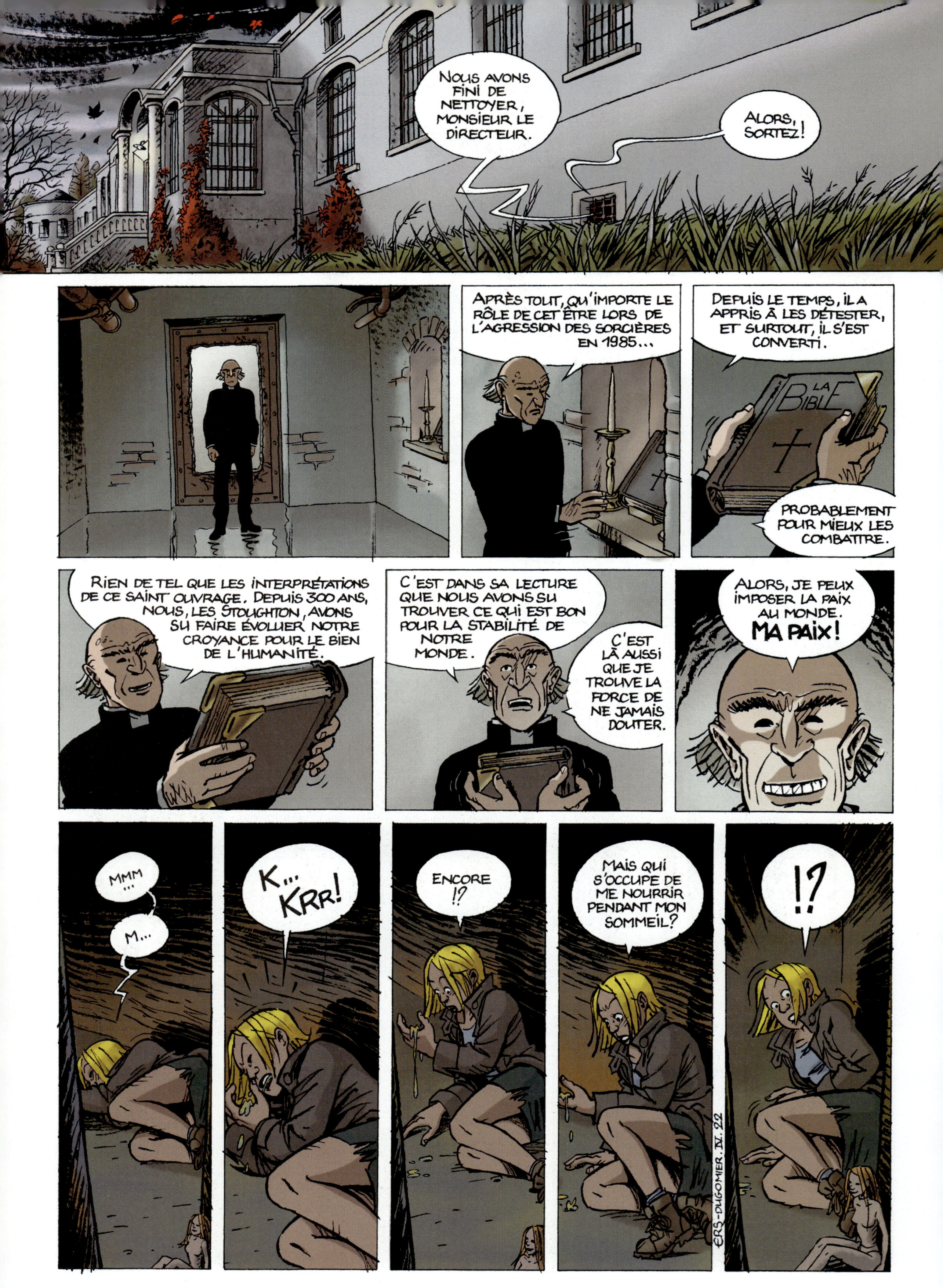

NOUS AVONS FINI DE NETTOYER, MONSIEUR LE DIRECTEUR.
ALORS, SORTEZ !
APRÈS TOUT, QU'IMPORTE LE RÔLE DE CET ÊTRE LORS DE L'AGRESSION DES SORCIÈRES EN 1985...
DEPUIS LE TEMPS, IL A APPRIS À LES DÉTESTER, ET SURTOUT, IL S'EST CONVERTI.
LA BIBLE
PROBABLEMENT POUR MIEUX LES COMBATTRE.
RIEN DE TEL QUE LES INTERPRÉTATIONS DE CE SAINT OUVRAGE. DEPUIS 300 ANS, NOUS, LES STOUGHTON, AVONS SU FAIRE ÉVOLUER NOTRE CROYANCE POUR LE BIEN DE L'HUMANITÉ.
C'EST DANS SA LECTURE QUE NOUS AVONS SU TROUVER CE QUI EST BON POUR LA STABILITÉ DE NOTRE MONDE.
C'EST LÀ AUSSI QUE JE TROUVE LA FORCE DE NE JAMAIS DOUTER.
ALORS, JE PEUX IMPOSER LA PAIX AU MONDE. MA PAIX !
MMM ...
M...
K... KRR !
ENCORE !?
MAIS QUI S'OCCUPE DE ME NOURRIR PENDANT MON SOMMEIL ?
!?
ERS-DUGOMIER. IV. 22

N... NON ! PAS VOUS ?!
V... VOUS N'ÊTES PAS PAOLO ? ...
SI.
MEA CULPA, CHERS ANCÊTRES. J'AURAIS DÛ MIEUX SURVEILLER L'ACCÈS À YORTHOPIA.
MAIS GRÂCE À DIEU...
ALEXIA ET SARAH PERKINS SONT DÉJÀ CONDAMNÉES. UN YOTILE RALLIÉ À NOTRE NOBLE CAUSE EST À LEUR POURSUITE.
CES ÊTRES SONT SOUVERAINS À YORTHOPIA.
L'HALLALI DES SORCIÈRES DE SALEM VIENT DE RETENTIR !
APRÈS CE GRAND NETTOYAGE, TOUT AURA ENFIN REPRIS SA PLACE.
RELAIS ? ...
POURQUOI EST-CE QUE JE PENSE AU MOT "RELAIS" ?... C'EST...
MAIS OUI ! VOUS ÊTES UN MÉDIUM, PAOLO. C'EST VOUS QUI ME PARLEZ À TRAVERS CETTE POUPÉE.
OUI.
POURQUOI ME NOURRIR, VOUS QUI AVEZ TOUJOURS VOULU ME TUER ? POURQUOI ?
...
MAIS... SI ÇA SE TROUVE, VOUS ÊTES TOUT PRÈS DE MOI.

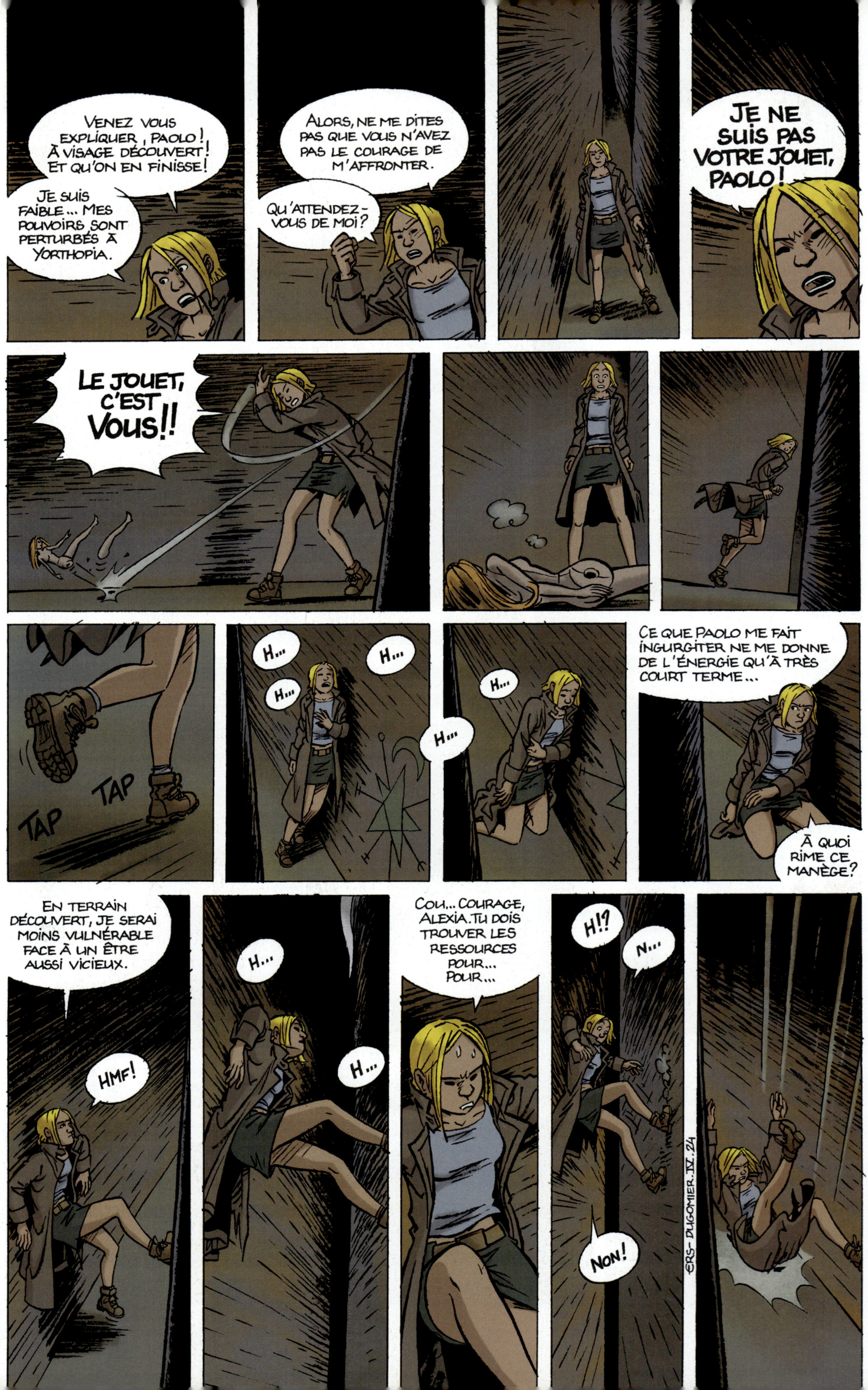
VENEZ VOUS EXPLIQUER, PAOLO! À VISAGE DÉCOUVERT! ET QU'ON EN FINISSE!
JE SUIS FAIBLE... MES POUVOIRS SONT PERTURBÉS À YORTHOPIA.
ALORS, NE ME DITES PAS QUE VOUS N'AVEZ PAS LE COURAGE DE M'AFFRONTER.
QU'ATTENDEZ-VOUS DE MOI?
JE NE SUIS PAS VOTRE JOUET, PAOLO!
LE JOUET, C'EST VOUS!!
TAP
TAP
H...
H...
H...
H...
H...
CE QUE PAOLO ME FAIT INGURGITER NE ME DONNE DE L'ÉNERGIE QU'À TRÈS COURT TERME...
À QUOI RIME CE MANÈGE?
EN TERRAIN DÉCOUVERT, JE SERAI MOINS VULNÉRABLE FACE À UN ÊTRE AUSSI VICIEUX.
HMF!
H...
H...
COU... COURAGE, ALEXIA. TU DOIS TROUVER LES RESSOURCES POUR... POUR...
H!?
N...
NON!
ERS-DUGOMIER. IX. 24

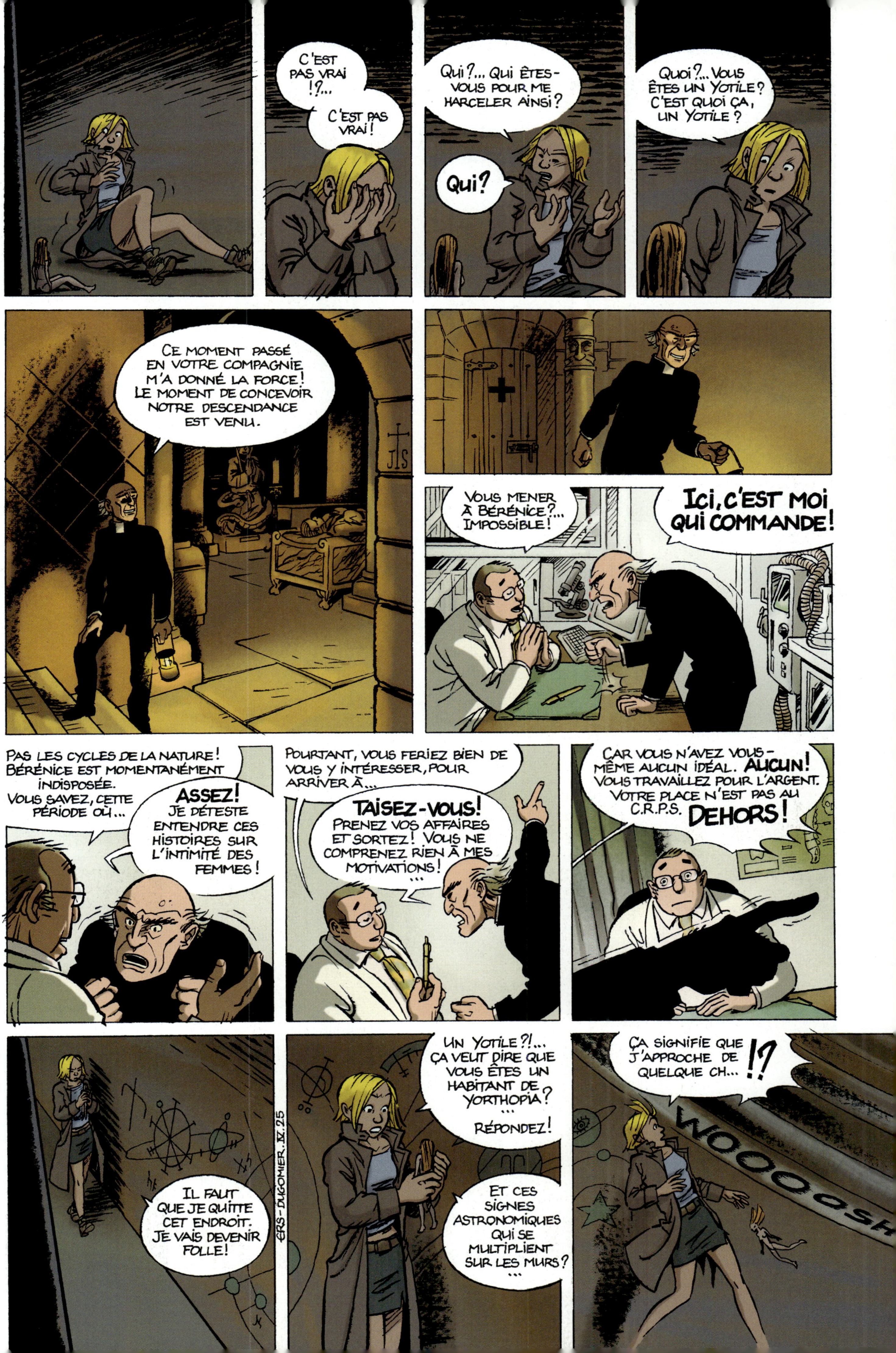
C'EST PAS VRAI !?...
C'EST PAS VRAI !
QUI ?... QUI ÊTES-VOUS POUR ME HARCELER AINSI ?
QUI ?
QUOI ?... VOUS ÊTES UN YOTILE ? C'EST QUOI ÇA, UN YOTILE ?
CE MOMENT PASSÉ EN VOTRE COMPAGNIE M'A DONNÉ LA FORCE ! LE MOMENT DE CONCEVOIR NOTRE DESCENDANCE EST VENU.
VOUS MENER À BÉRÉNICE ?... IMPOSSIBLE !
ICI, C'EST MOI QUI COMMANDE !
PAS LES CYCLES DE LA NATURE ! BÉRÉNICE EST MOMENTANÉMENT INDISPOSÉE. VOUS SAVEZ, CETTE PÉRIODE OÙ...
ASSEZ ! JE DÉTESTE ENTENDRE CES HISTOIRES SUR L'INTIMITÉ DES FEMMES !
POURTANT, VOUS FERIEZ BIEN DE VOUS Y INTÉRESSER, POUR ARRIVER À...
TAISEZ-VOUS ! PRENEZ VOS AFFAIRES ET SORTEZ ! VOUS NE COMPRENEZ RIEN À MES MOTIVATIONS !
...
CAR VOUS N'AVEZ VOUS-MÊME AUCUN IDÉAL. AUCUN ! VOUS TRAVAILLEZ POUR L'ARGENT. VOTRE PLACE N'EST PAS AU C.R.P.S. DEHORS !
IL FAUT QUE JE QUITTE CET ENDROIT. JE VAIS DEVENIR FOLLE !
ERS-DUGOMIER. IX.25
UN YOTILE ?!... ÇA VEUT DIRE QUE VOUS ÊTES UN HABITANT DE YORTHOPIA ?
...
RÉPONDEZ !
ET CES SIGNES ASTRONOMIQUES QUI SE MULTIPLIENT SUR LES MURS ?
...
ÇA SIGNIFIE QUE J'APPROCHE DE QUELQUE CH... !?
WOOOOOSH

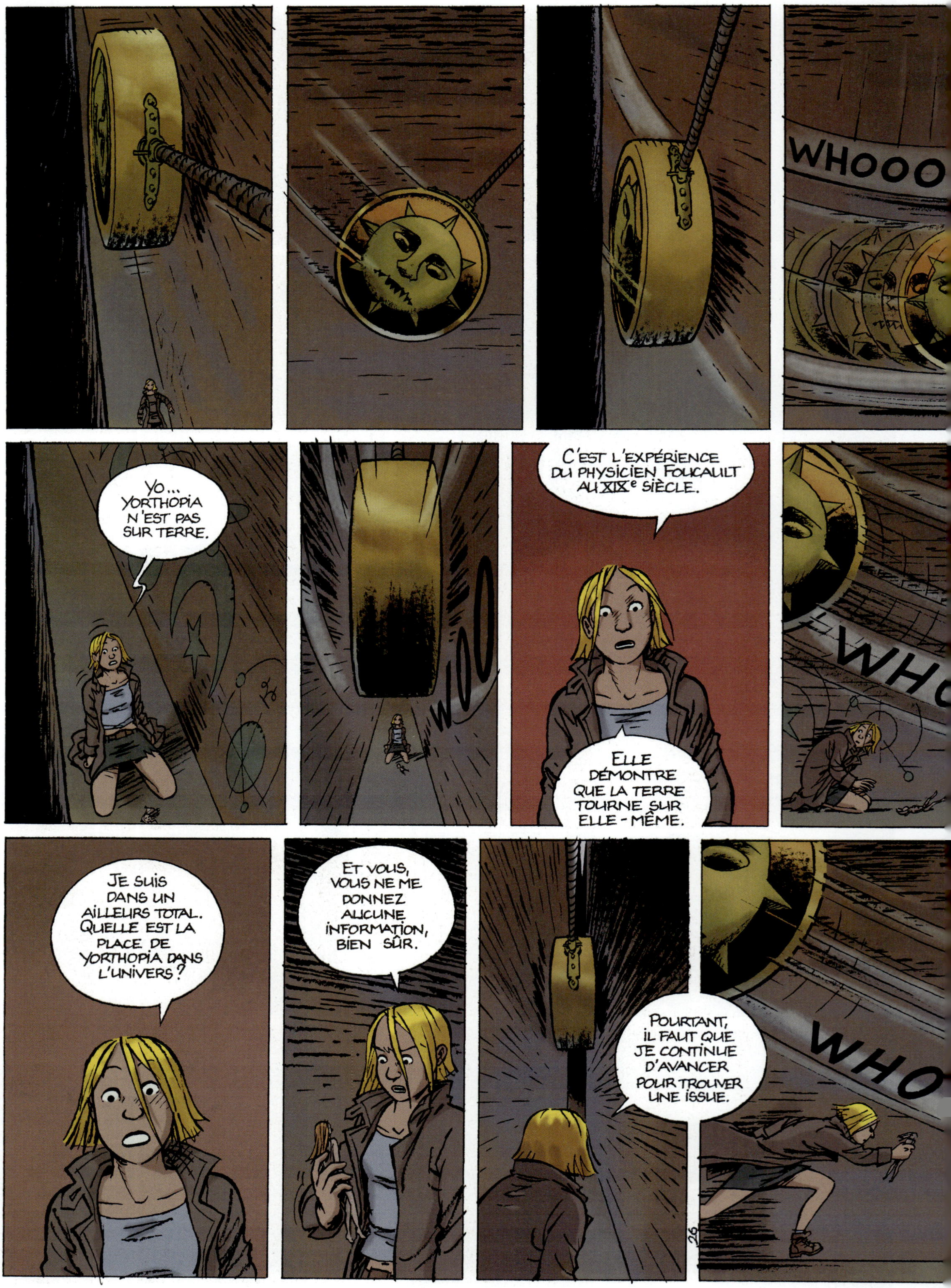
WHOOO
YO... YORTHOPIA N'EST PAS SUR TERRE.
WOO
C'EST L'EXPÉRIENCE DU PHYSICIEN FOUCAULT AU XIXe SIÈCLE.
ELLE DÉMONTRE QUE LA TERRE TOURNE SUR ELLE-MÊME.
WHO
JE SUIS DANS UN AILLEURS TOTAL. QUELLE EST LA PLACE DE YORTHOPIA DANS L'UNIVERS ?
ET VOUS, VOUS NE ME DONNEZ AUCUNE INFORMATION, BIEN SÛR.
POURTANT, IL FAUT QUE JE CONTINUE D'AVANCER POUR TROUVER UNE ISSUE.
WHO

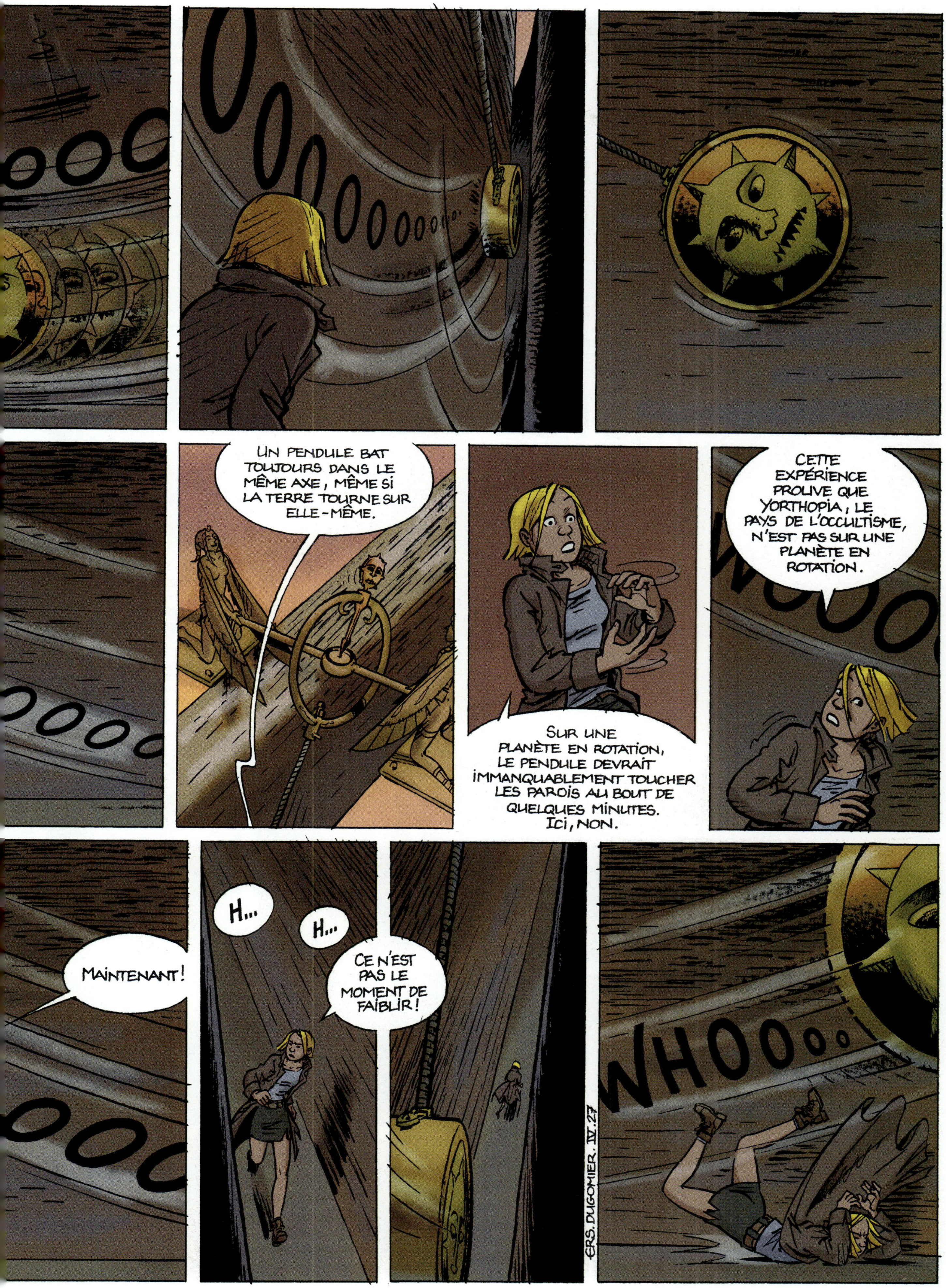
OOOO
OOOOOOOOOO
UN PENDULE BAT TOUJOURS DANS LE MÊME AXE, MÊME SI LA TERRE TOURNE SUR ELLE-MÊME.
SUR UNE PLANÈTE EN ROTATION, LE PENDULE DEVRAIT IMMANQUABLEMENT TOUCHER LES PAROIS AU BOUT DE QUELQUES MINUTES. ICI, NON.
CETTE EXPÉRIENCE PROUVE QUE YORTHOPIA, LE PAYS DE L'OCCULTISME, N'EST PAS SUR UNE PLANÈTE EN ROTATION.
MAINTENANT!
H...
H...
CE N'EST PAS LE MOMENT DE FAIBLIR!
WHOOoo
ERS. DUGOMIER. IV.27

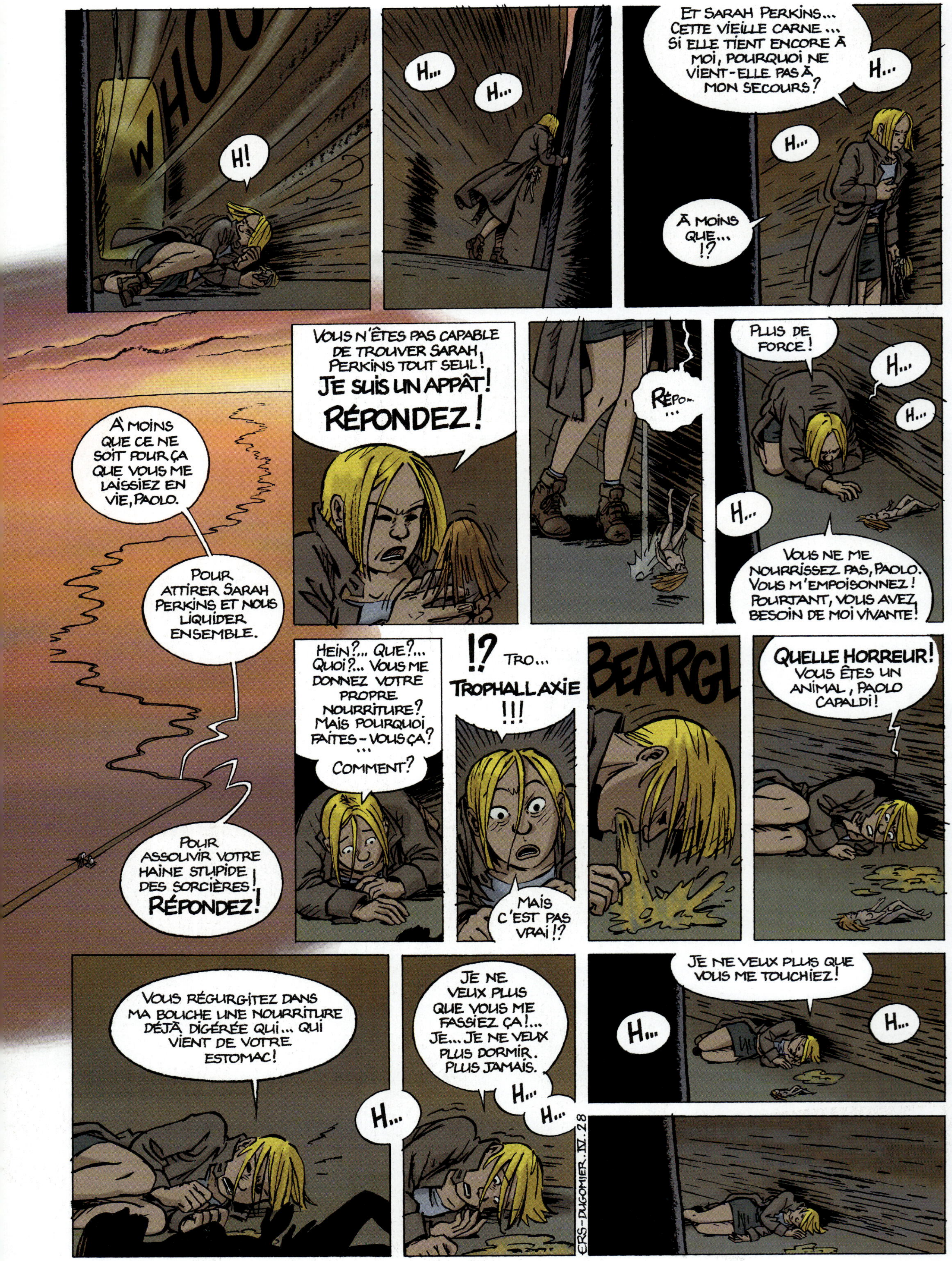
WHOO
H!
H...
H...
ET SARAH PERKINS... CETTE VIEILLE CARNE... SI ELLE TIENT ENCORE À MOI, POURQUOI NE VIENT-ELLE PAS À MON SECOURS?
H...
H...
À MOINS QUE... !?
À MOINS QUE CE NE SOIT POUR ÇA QUE VOUS ME LAISSIEZ EN VIE, PAOLO.
POUR ATTIRER SARAH PERKINS ET NOUS LIQUIDER ENSEMBLE.
POUR ASSOUVIR VOTRE HAINE STUPIDE DES SORCIÈRES! RÉPONDEZ!
VOUS N'ÊTES PAS CAPABLE DE TROUVER SARAH PERKINS TOUT SEUL! JE SUIS UN APPÂT! RÉPONDEZ!
RÉPO... ...
PLUS DE FORCE!
H...
H...
H...
VOUS NE ME NOURRISSEZ PAS, PAOLO. VOUS M'EMPOISONNEZ! POURTANT, VOUS AVEZ BESOIN DE MOI VIVANTE!
HEIN?... QUE?... QUOI?... VOUS ME DONNEZ VOTRE PROPRE NOURRITURE? MAIS POURQUOI FAITES-VOUS ÇA? ...
COMMENT?
!? TRO...
TROPHALLAXIE !!!
MAIS C'EST PAS VRAI !?
BEARGL
QUELLE HORREUR! VOUS ÊTES UN ANIMAL, PAOLO CAPALDI!
VOUS RÉGURGITEZ DANS MA BOUCHE UNE NOURRITURE DÉJÀ DIGÉRÉE QUI... QUI VIENT DE VOTRE ESTOMAC!
H...
JE NE VEUX PLUS QUE VOUS ME FASSIEZ ÇA!... JE... JE NE VEUX PLUS DORMIR. PLUS JAMAIS.
H...
H...
ERS-DUGOMIER. IV. 28
JE NE VEUX PLUS QUE VOUS ME TOUCHIEZ!
H...
H...

TCHAC KLAK
AU DIABLE MON ULTIMATUM, MADEMOISELLE BÉRÉNICE !
LE TEMPS N'EST PLUS À LA RÉFLEXION ! JE VEUX CONCEVOIR MON FILS SUR L'HEURE !
MAIS... EUH... C'EST IMPOSSIBLE ! JE SUIS DANS MA PÉRIODE DE...
BALIVERNES ! JE LIS DANS VOS YEUX QUE VOUS MENTEZ POUR GAGNER DU TEMPS !
BON. TRÈS BIEN. J'ACCEPTE DE PORTER VOTRE ENFANT.
PAS UN ENFANT ! ... UN FILS !
MAIS SEREZ-VOUS CAPABLE DE PASSER À L'ACTE ?
AU VU DE VOTRE ÂGE ET DE VOTRE INEXPÉRIENCE, JE ME PERMETS D'EN DOUTER !
J'EN SUIS CAPABLE !
POURTANT, JE LIS DANS VOS YEUX QUE VOUS EN DOUTEZ VOUS AUSSI.
IL EST NORMAL DE DOUTER DE CES CHOSES-LÀ ... QUAND ON EST UN VIEILLARD !
JE REVIENDRAI, BÉRÉNICE ! ET PLUS VITE QUE VOUS NE LE PENSEZ !
SLAM
ERS-DUGOMIER. IV.29
PIUUU !... JOLI COUP DE BLUFF, BÉRÉNICE !
MAIS LA PROCHAINE FOIS, TU FERAS COMMENT ?
!
LES LIVRES ! L'ESPACE D'ACCÈS ENTRE YORTHOPIA ET LE C.R.P.S.
ET LÀ... LA PORTE QUI MÈNE À LA VALLÉE DES PONTS.
!? MAIS...

...
UN... UN AUTRE ESPACE D'ACCÈS.
SI PAOLO M'A CONDUITE ICI, C'EST QU'IL VEUT QUE JE QUITTE YORTHOPIA.
JE N'Y COMPRENDS RIEN, MAIS MÊME SI JE ME FAIS ENCORE MANIPULER, IL N'Y A PAS À HÉSITER.

ALORS, PAOLO? DE QUEL PICTOGRAMME DOIS-JE ACCOMPAGNER MA SIGNATURE?
AÏE!
RÉPONDEZ, LE STYLO SE REMPLIT DÉJÀ DE MON SANG.
AH... JE DOIS SIGNER SUR LA PAGE DE GAUCHE. C'EST CELLE DES RETOURS.
AVEC LE PICTOGRAMME ROND.
C'EST FAIT DANS LE LIVRE BLANC ...
Alexia
ET LE NOIR.
Alexia
Veronika Haagen
CETTE DOUBLE SIGNATURE M'A COÛTÉ PARTICULIÈREMENT CHER LA PREMIÈRE FOIS.
LE CHANGEMENT DE MON STATUT MAGIQUE M'A FAIT PRENDRE FEU, ET JE...
COMMENT?!
CE SERA PAREIL À CHAQUE FOIS?!
C'EST DONC ÇA! ET VOUS ESPÉREZ QUE J'Y RESTE CETTE FOIS-CI!
WLÖ
AAAH!
PAS LE FEU! PAS LE FEU!
JE DOIS ARRÊTER ÇA! JE DOIS RAYER MES SIGNATURES!
AAAAA
ERS-DUGOMIER .IV.31

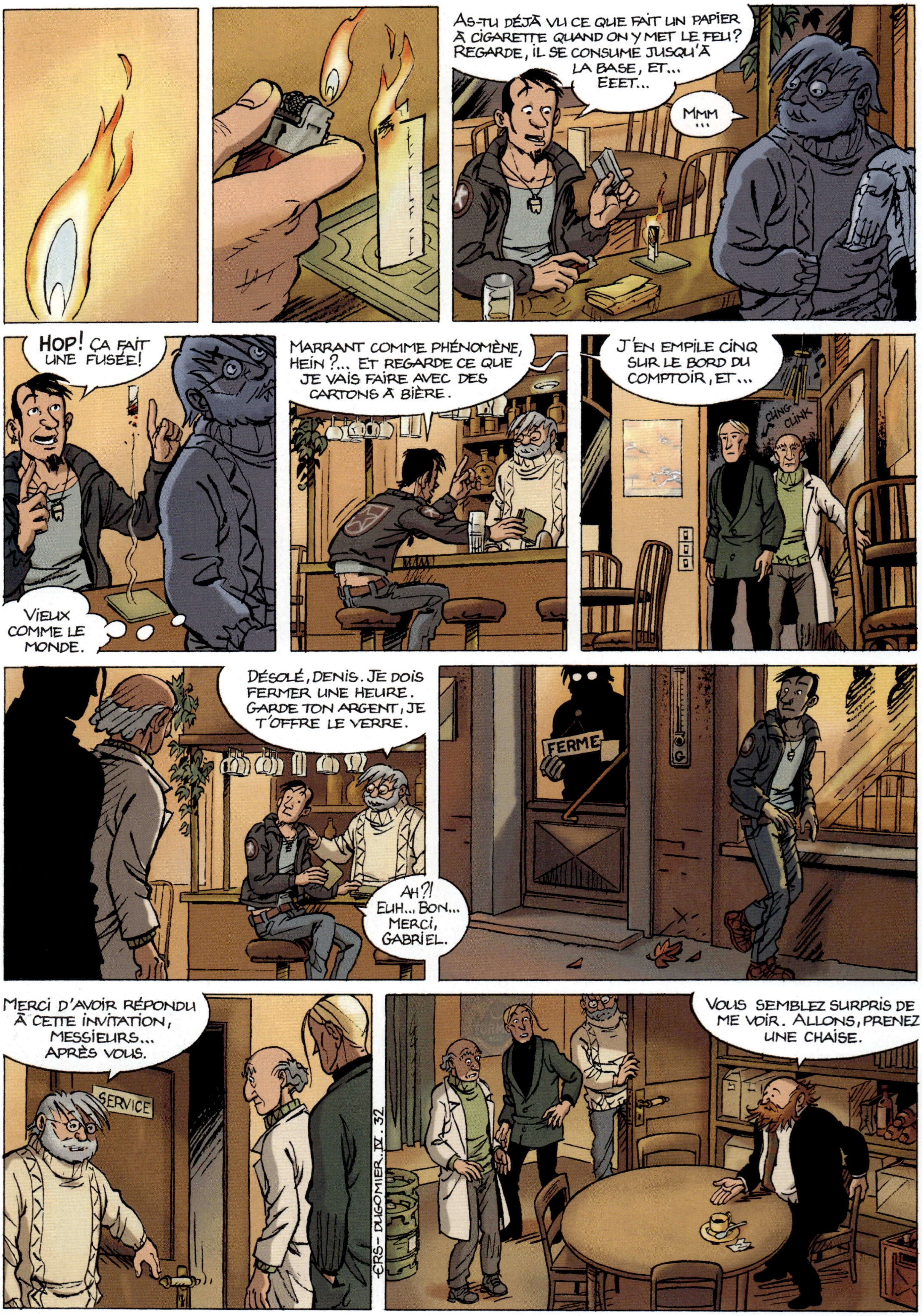
AS-TU DÉJÀ VU CE QUE FAIT UN PAPIER À CIGARETTE QUAND ON Y MET LE FEU? REGARDE, IL SE CONSUME JUSQU'À LA BASE, ET...
EEET...
MMM ...
HOP! ÇA FAIT UNE FUSÉE!
VIEUX COMME LE MONDE.
MARRANT COMME PHÉNOMÈNE, HEIN ?... ET REGARDE CE QUE JE VAIS FAIRE AVEC DES CARTONS À BIÈRE.
J'EN EMPILE CINQ SUR LE BORD DU COMPTOIR, ET...
CLING CLINK
DÉSOLÉ, DENIS. JE DOIS FERMER UNE HEURE. GARDE TON ARGENT, JE T'OFFRE LE VERRE.
AH?! EUH... BON... MERCI, GABRIEL.
FERME
MERCI D'AVOIR RÉPONDU À CETTE INVITATION, MESSIEURS... APRÈS VOUS.
SERVICE
ERS - DUGOMIER. IV. 32
VOUS SEMBLEZ SURPRIS DE ME VOIR. ALLONS, PRENEZ UNE CHAISE.

MÊME ÉVINCÉ DE LA DIRECTION DU C.R.P.S., JE RESTE SOUCIEUX DE SA DESTINÉE. PUIS-JE VOUS ÊTRE UTILE DANS LES PROBLÈMES QUE VOUS RENCONTREZ ?
OUI. PAOLO CAPALDI S'EST ÉCHAPPÉ DE SA CAVE. NOUS AVONS BESOIN DE SAVOIR QUI IL EST... ET FAITES-NOUS AUSSI LA CLARTÉ SUR GABRIEL.
PAS DE PROBLÈME, MONSIEUR ZÜND.
GABRIEL ÉTANT LIÉ À TOUT AUTRE CHOSE QUE LE C.R.P.S., C'EST À LUI DE CHOISIR S'IL DÉSIRE S'EXPRIMER.
QUANT À PAOLO, C'EST UN YOTILE. UNE RACE VIVANT À YORTHOPIA ET QUI EN ASSUME LA MAINTENANCE. SANS PARTI PRIS ENTRE LES LIEUX DE MAGIE BLANCHE OU NOIRE.
POUR CONSERVER CETTE NEUTRALITÉ, LES YOTILES ONT DÉVELOPPÉ UNE CAPACITÉ DE DISCRÉTION HORS NORME ET SONT DE PUISSANTS MÉDIUMS. ILS PEUVENT DONC RESSENTIR LES TÂCHES D'ENTRETIEN OU DE CONSTRUCTION À ACCOMPLIR ET ÉVITER TOUT CONTACT.
QUE FAISAIT PAOLO AU C.R.P.S. LORS DE LA CATASTROPHE DE 1985 ? A-T-IL TRANSGRESSÉ SA NEUTRALITÉ EN AIDANT LES SORCIÈRES DE SALEM ? IL N'A JAMAIS VOULU ME LE DIRE.
BLOQUÉ AU C.R.P.S... RÉFUGIÉ DANS SA CAVE, IL A, AU FIL DES ANS, SOMBRÉ DANS LA FOLIE, ET DÉVELOPPÉ UNE HAINE ENVERS LES SORCIÈRES. SES INTERPRÉTATIONS PARTICULIÈRES DE LA BIBLE L'AIDENT DANS SON COMBAT POUR LES ANÉANTIR. PAOLO EST DANGEREUX, MAIS JE LE CONTRÔLAIS.
ERS-DUGOMIER. IV. 33
IL EST RETOURNÉ À YORTHOPIA. PROBABLEMENT À LA POURSUITE D'ALEXIA ET DE L'ESPRIT DE SARAH PERKINS QUI Y SONT AUSSI.
SARAH PERKINS EST LA MENACE PRINCIPALE. IL NOUS FAUT COMPRENDRE COMMENT ELLE VA AGIR ET LA DEVANCER.
LE SYNDROME DE SALEM EST UNE FATALITÉ ...
IL FAUT S'Y RÉSIGNER ...
TOUTE ACTION EST VAINE ...

VIVANTE ! JE SUIS VIVANTE !
ET JE SUIS AU C.R.P.S. ! CETTE FOIS, JE RECONNAIS LA PORTE.
CE RITUEL DE PASSAGE À YORTHOPIA EST HORRIBLE !
JE NE PENSE PAS QUE J'AURAI LE COURAGE D'Y RETOURNER UN JOUR.
PAR ICI, PETITE GARCE !
PAOLO ! IL EST REVENU LUI AUSSI !
SUIS-MOI ! TU ES TRÈS FAIBLE, ET IL NE FAUT PAS QUE TU TOMBES ENTRE LES GRIFFES DE STOUGHTON.
JE N'AURAI JAMAIS LA PAIX !
OÙ ÊTES-VOUS, PAOLO ? POURQUOI ME FAITES-VOUS TRAVERSER CE CHARNIER ?... CE N'EST PAS LE CHEMIN DE LA SORTIE. VOUS AVEZ QUELQUE CHOSE À ME MONTRER ?
OUI.
CECI.
ERS-DUGOMIER IV. 34

KRR
H... H... TOUT ÇA POUR CONTOURNER LA PORTE BARRICADÉE DE LA ZONE 85 !...
H...
CRAAK
H...
H...
IMPOSSIBLE DE FUIR !
ET MON CODE POUR OUVRIR LES GRILLES A DÛ ÊTRE SUPPRIMÉ.
ABANDONNE TES RÊVES D'ÉVASION, PETITE GOURDE, ET SUIS-MOI. VITE ! NOUS SERONS À L'ABRI DANS MA CAVE.
TRILILI TRILILI TRILILI
...
LA TECHNOLOGIE FONCTIONNE À NOUVEAU !
ÉTEINS CETTE SALOPERIE. TU VAS NOUS FAIRE REPÉRER.
28 APPELS EN ABSENCE DE MA MÈRE !? ELLE VA ENCORE ME FAIRE UNE CRISE !!!
MARRE ! MARRE DE SON INSTABILITÉ ! TU PARLES D'UN AMOUR MATERNEL !
PAR ICI !
MERCI POUR VOTRE FRANCHISE, MESSIEURS. IL EST BON POUR L'AVENIR DU C.R.P.S. D'AVOIR RASSEMBLÉ NOS CONNAISSANCES.
Chez Gabri
ENCORE UNE CHOSE...
ATTENDEZ, JE VAIS VOUS MONTRER.
BIP BIP BIP
ERS-DUGOMIER.IV.35
JE L'AI PRISE DANS LA ZONE 85... PARMI LES VICTIMES DE L'ENVOÛTEMENT DE STOUGHTON.
CE... CE CRIME N'A PU ÊTRE COMMIS QUE JUSTE AVANT LA CATASTROPHE DE 85 !

ÉTRANGE.
MON HYPOTHÈSE EST QUE STOUGHTON S'EST SERVI DE LA CATASTROPHE DE 85 POUR CAMOUFLER UN AUTRE CRIME QU'IL VENAIT DE COMMETTRE.
NON. TUER À L'ARME BLANCHE N'EST PAS DU TOUT SON GENRE ...
IL PRÉFÉRERAIT AGIR À DISTANCE, OU DÉLÉGUER LA TÂCHE.
ET AVEC BÉRÉNICE, VOUS CROYEZ QU'IL VA DÉLÉGUER LA TÂCHE?
J'ALLAIS ABORDER LE SUJET. NOUS DEVONS LA FAIRE ÉVADER.
OUI! IL FAUT À TOUT PRIX ÉVITER QUE STOUGHTON AIT UNE DESCENDANCE!
JE VEUX AVANT TOUT PRÉSERVER BÉRÉNICE! JE VOUS AI CONNU PLUS ALTRUISTE, HAROLD!
STOUGHTON A VIRÉ LE MÉDECIN QUI S'OCCUPAIT DE BÉRÉNICE... ÇA NOUS FACILITERA LE TRAVAIL!
MES BOUGIES, MES POUPÉES, MON LIT...
CE SALAUD DE STOUGHTON A EFFACÉ TOUTES LES TRACES DE MA VIE AU C.R.P.S.
HEUREUSEMENT, DANS SES FOUILLES, IL N'A PAS DÉCOUVERT L'ACCÈS À CETTE CAVE. TU Y SERAS EN SÉCURITÉ. PERSONNE NE TE TROUVERA DANS MON ULTIME RETRANCHEMENT.
IL A AUSSI ÉPARGNÉ MA CHÈRE BIBLE... CELLE QUI GUIDE CHACUN DE MES ACTES.
RETIRE TES VÊTEMENTS!
QU'ATTENDS-TU?... TU JOUES LES PUDIQUES?
JE NE VOUS VOIS PAS, JE ME SENS OBSERVÉE!
REGARDE À TA GAUCHE.
ERS-DUGOMIER .IV.36

JE DEVIENS FOLLE !... QU'EST-CE QUI ME POUSSE À LUI OBÉIR SI DOCILEMENT ?... POURQUOI L'AI-JE SUIVI DANS CETTE CAVE ?
ET... ET MAINTENANT, PAOLO ?
TU CHANGES DE VÊTEMENTS.
J'AI RAPATRIÉ TON SAC À DOS DE YORTHOPIA.
TU AS UN CORPS MAGNIFIQUE, ALEXIA. TU ES PLUS GRACIEUSE QU'UNE POUPÉE BARBIE.
HEIN !?
MAIS !... VOUS ME MATEZ ! OÙ ÊTES-VOUS ?
N'APPROCHEZ PAS !
NE ME TOUCHEZ PAS !
N'AIE CRAINTE, ALEXIA ! JE SIGNE DANS LE LIVRE BLEU POUR ME RENDRE À YORTHOPIA. JE NE SUIS PAS DE TON ESPÈCE. TOUTE RELATION EST IMPOSSIBLE ENTRE NOUS !
STOUGHTON A PEUR !... PEUR DES FORCES SURNATURELLES. ÇA L'EMPÊCHE DE LES COMPRENDRE, ET LE POUSSE À VOULOIR LES DOMINER.
RÉSULTAT : DEPUIS QU'IL DIRIGE LE C.R.P.S., NOUS ENREGISTRONS UNE RECRUDESCENCE DES MANIFESTATIONS OCCULTES.
IL MÈNE UNE GUERRE, ALORS QUE LA SEULE SOLUTION EST DANS L'ÉQUILIBRE DES FORCES...
ET CET ÉQUILIBRE EST IMPOSSIBLE TANT QU'IL SERA LÀ !
CE QUE JE VAIS DIRE VA À L'ENCONTRE DE MON IDÉOLOGIE, MAIS VOUS DEVEZ LE FAIRE PARTIR !... VOUS DEVEZ LE VAINCRE !
COMPTEZ SUR NOUS !
ET VOUS, GABRIEL ? BIEN QUE JE COMMENCE À ME FAIRE UNE IDÉE ... ACCEPTEZ-VOUS DE NOUS DIRE QUI VOUS ÊTES ?
ERS-DUGOMIER. IV. 37
NON... PAS ENCORE !

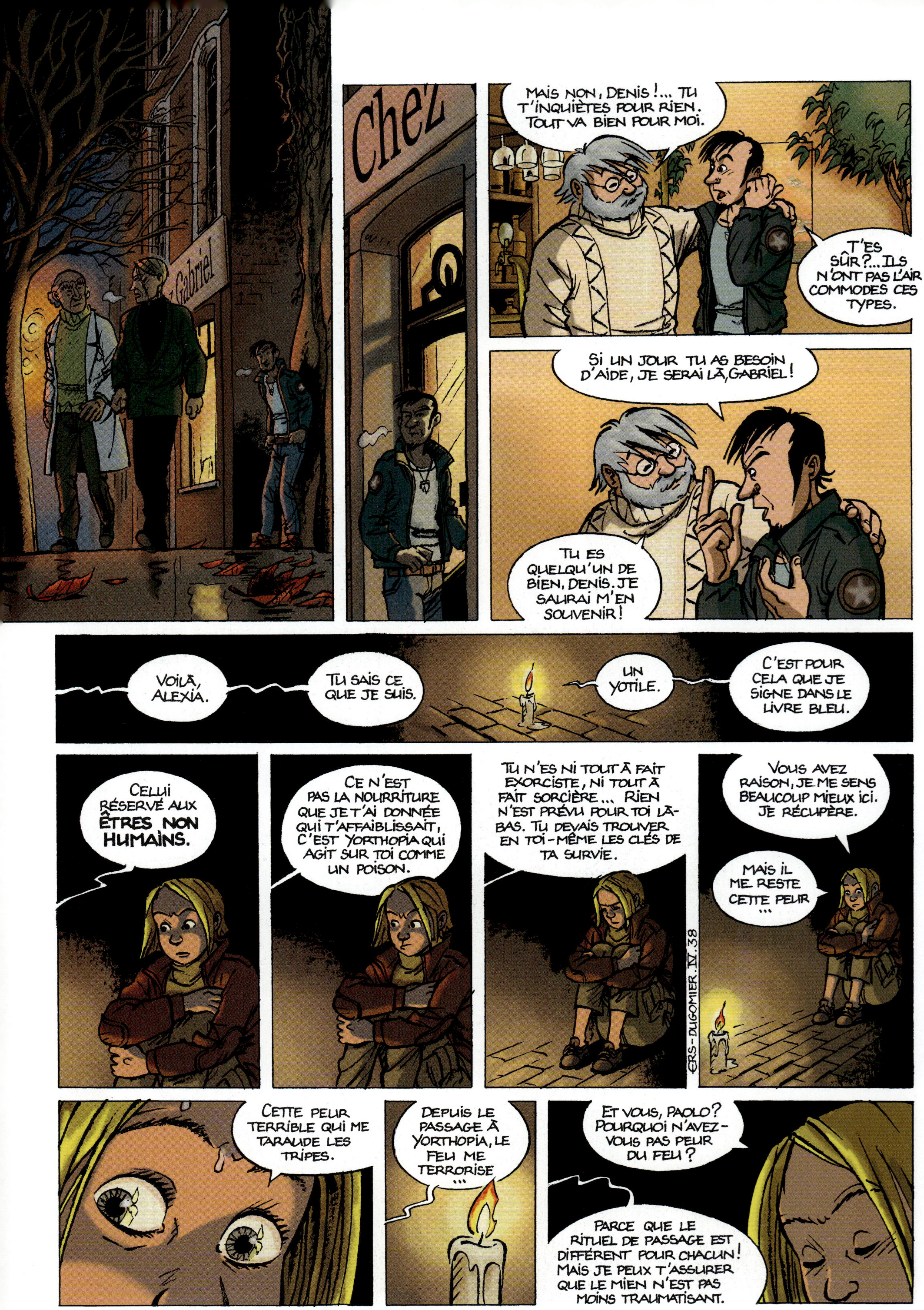
MAIS NON, DENIS !... TU T'INQUIÈTES POUR RIEN. TOUT VA BIEN POUR MOI.
T'ES SÛR ?... ILS N'ONT PAS L'AIR COMMODES CES TYPES.
SI UN JOUR TU AS BESOIN D'AIDE, JE SERAI LÀ, GABRIEL !
TU ES QUELQU'UN DE BIEN, DENIS. JE SAURAI M'EN SOUVENIR !
VOILÀ, ALEXIA.
TU SAIS CE QUE JE SUIS.
UN YOTILE.
C'EST POUR CELA QUE JE SIGNE DANS LE LIVRE BLEU.
CELUI RÉSERVÉ AUX **ÊTRES NON HUMAINS.**
CE N'EST PAS LA NOURRITURE QUE JE T'AI DONNÉE QUI T'AFFAIBLISSAIT, C'EST YORTHOPIA QUI AGIT SUR TOI COMME UN POISON.
TU N'ES NI TOUT À FAIT EXORCISTE, NI TOUT À FAIT SORCIÈRE... RIEN N'EST PRÉVU POUR TOI LÀ-BAS. TU DEVAIS TROUVER EN TOI-MÊME LES CLÉS DE TA SURVIE.
ERS-DUGOMIER .IV.38
VOUS AVEZ RAISON, JE ME SENS BEAUCOUP MIEUX ICI. JE RÉCUPÈRE.
MAIS IL ME RESTE CETTE PEUR ...
CETTE PEUR TERRIBLE QUI ME TARAUDE LES TRIPES.
DEPUIS LE PASSAGE À YORTHOPIA, LE FEU ME TERRORISE ...
ET VOUS, PAOLO ? POURQUOI N'AVEZ-VOUS PAS PEUR DU FEU ?
PARCE QUE LE RITUEL DE PASSAGE EST DIFFÉRENT POUR CHACUN ! MAIS JE PEUX T'ASSURER QUE LE MIEN N'EST PAS MOINS TRAUMATISANT.

QUE SE PASSE-T-IL POUR VOUS?
PERSONNE NE DÉVOILE ÇA! C'EST TROP DANGEREUX!
J'AI ENVIE DE ME REPOSER, PAOLO.
J'AI FAIM, AUSSI.
DONNEZ-MOI À MANGER.
JE FERME LES YEUX, PAOLO.
FAITES-MOI CONFIANCE, JE NE VOUS REGARDE PAS.
MM...
MERCI, PAOLO.
PFF
BONNE NUIT, ALEXIA.
C.R.P.S.
TOC TOC
ENTREZ!
... ET POUR FINIR, UN CAS DE POSSESSION AU BÉNIN. SOIT QUINZE MANIFESTATIONS OCCULTES RECENSÉES EN UN WEEK-END.
DU JAMAIS VU! ET L'AUGMENTATION VA CROISSANT!
JE NE COMPRENDS PAS VOS INQUIÉTUDES, MESSIEURS.
TOUTES CES ACTIVITÉS NÉFASTES QUI SE DÉVOILENT ENFIN À NOUS!... C'EST UNE BÉNÉDICTION! NOUS ALLONS POUVOIR LES FAIRE DISPARAÎTRE UNE À UNE DE LA SURFACE DU GLOBE.
ERS. DUGOMIER. IV. 39
NOUS PORTERONS AINSI UN COUP FATAL À LA MAGIE NOIRE, MESSIEURS.
FAITES-MOI CONFIANCE!
JE SUIS UN HOMME DE MAÎTRISE!

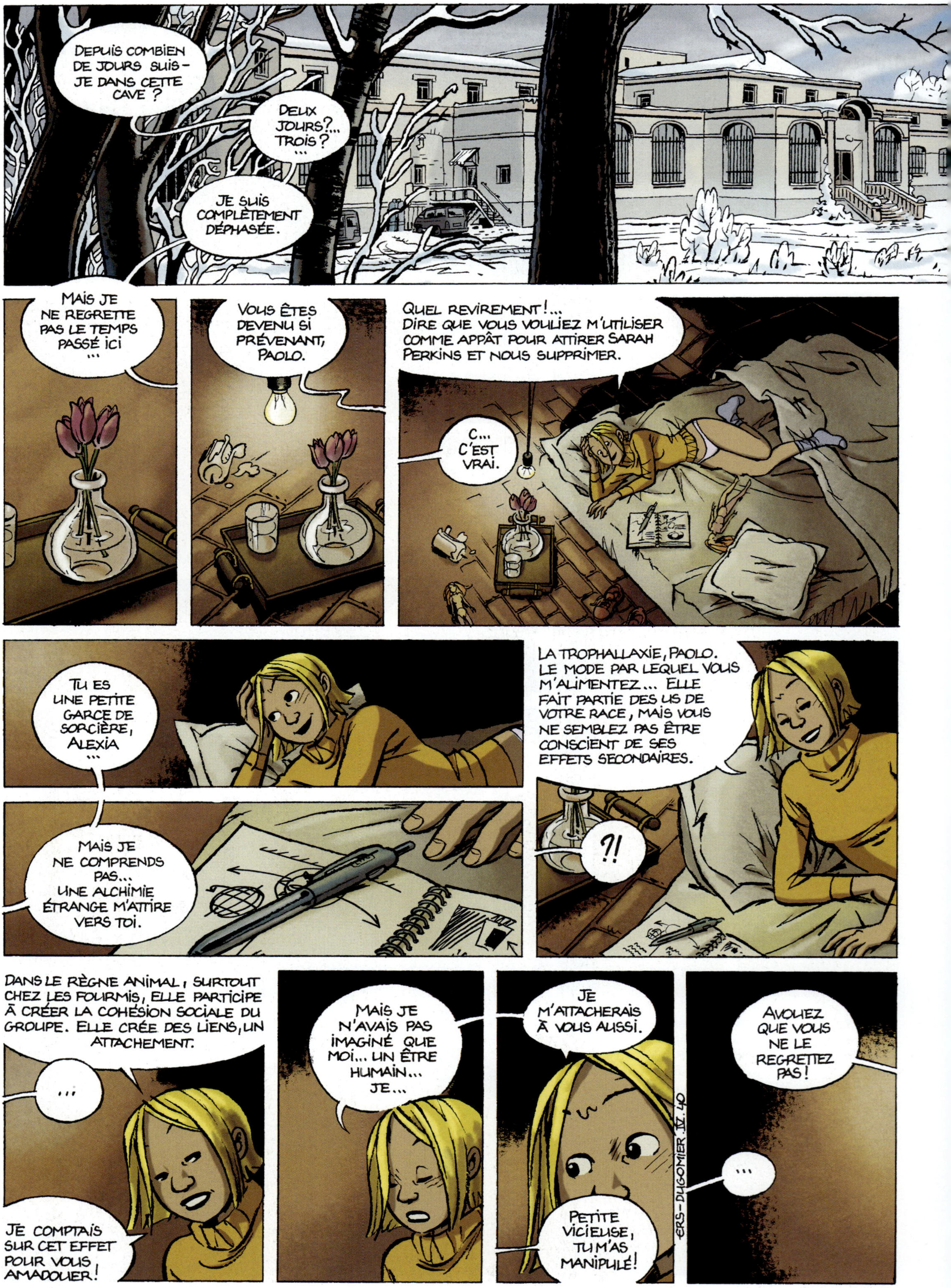
DEPUIS COMBIEN DE JOURS SUIS-JE DANS CETTE CAVE ?
DEUX JOURS?... TROIS? ...
JE SUIS COMPLÈTEMENT DÉPHASÉE.
MAIS JE NE REGRETTE PAS LE TEMPS PASSÉ ICI ...
VOUS ÊTES DEVENU SI PRÉVENANT, PAOLO.
QUEL REVIREMENT!... DIRE QUE VOUS VOULIEZ M'UTILISER COMME APPÂT POUR ATTIRER SARAH PERKINS ET NOUS SUPPRIMER.
C... C'EST VRAI.
TU ES UNE PETITE GARCE DE SORCIÈRE, ALEXIA ...
MAIS JE NE COMPRENDS PAS... UNE ALCHIMIE ÉTRANGE M'ATTIRE VERS TOI.
LA TROPHALLAXIE, PAOLO. LE MODE PAR LEQUEL VOUS M'ALIMENTEZ... ELLE FAIT PARTIE DES US DE VOTRE RACE, MAIS VOUS NE SEMBLEZ PAS ÊTRE CONSCIENT DE SES EFFETS SECONDAIRES.
?!
DANS LE RÈGNE ANIMAL, SURTOUT CHEZ LES FOURMIS, ELLE PARTICIPE À CRÉER LA COHÉSION SOCIALE DU GROUPE. ELLE CRÉE DES LIENS, UN ATTACHEMENT.
...
JE COMPTAIS SUR CET EFFET POUR VOUS AMADOUER!
MAIS JE N'AVAIS PAS IMAGINÉ QUE MOI... UN ÊTRE HUMAIN... JE...
JE M'ATTACHERAIS À VOUS AUSSI.
PETITE VICIEUSE, TU M'AS MANIPULÉ!
ERS-DUGOMIER IX. 40
AVOUEZ QUE VOUS NE LE REGRETTEZ PAS!
...

ALEXIA ...
J'AI ENTENDU QUE STOUGHTON VEUT FORCER BÉRÉNICE À LUI FAIRE UN FILS, POUR ASSURER SA SUCCESSION À LA TÊTE DU C.R.P.S.
BÉRÉNICE... MON AMIE ...
IL... IL FAUT FAIRE QUELQUE CHOSE!
IL FAUT ÉLIMINER LES STOUGHTON! CETTE DYNASTIE EST LA CAUSE DE TROP DE MALHEURS!
À DEUX, C'EST POSSIBLE!
J'IMAGINE QUE CE SONT LES EFFETS DE LA TROPHALLAXIE QUI ME POUSSENT À TE PROPOSER MON AIDE...
TU ES SORCIÈRE À 50%. LE MÉDIUM QUE JE SUIS CONNAÎT LE MOYEN D'AMPLIFIER TES POUVOIRS POUR ATTEINDRE STOUGHTON.
DANS QUELQUES JOURS, NOUS ENTRERONS DANS UNE PÉRIODE PROPICE À CE TYPE D'ACTION.
PENSES-Y!
Symbole d'un espace d'accès?
Symbole de la vallée (ponts)
Symbole de la terre ?
Accès du retour vers la terre?
?
METTRE FIN À UNE DYNASTIE... ÇA ME FAIT PENSER À MA PROPRE RAISON D'ÊTRE SUR CETTE TERRE... À MON PÈRE.
IL FAUDRA QU'UN JOUR J'APPRENNE QUI IL ÉTAIT VRAIMENT.

CRPS
CLIC
ENQUÊTE À VIF
LE DÉCLIC
RÉVEILLE-TOI, ALEXIA.
C'EST LE JOUR POUR AGIR.
MAIGRET
BÉRÉNICE!... C'EST LE MOMENT. JE SUIS PRÊT!
JE SENS MONTER EN MOI LA PUISSANCE!
JE N'AI PLUS PEUR DE CETTE PULSION!
CETTE SAINE AGRESSIVITÉ QUI POUSSE UN MÂLE À PROCRÉER.
LA PUISSANCE EST EN MOI!
Chez Gab
JE NE SAIS PAS COMMENT VOUS REMERCIER DE M'AVOIR FAIT ÉVADER LA NUIT DERNIÈRE.
C'EST TOUT NATUREL, BÉRÉNICE!
J'IMAGINE LA TÊTE DE CE DÉTRAQUÉ DE STOUGHTON QUAND IL TROUVERA MON LIT VIDE!
IL FAUT SE RENDRE AU C.R.P.S.! TOUS!
BENOIT - VINCENT - IV . 42
NOUS AUSSI, ON DOIT Y ALLER!

NON!... VOUS RESTEZ ICI!
IL SE PASSE QUELQUE CHOSE D'ANORMAL... ET...
JE... JE DOIS VOUS PROTÉGER! VOUS PROTÉGER!
UH...
UH...
CRPS
JE SUIS EN RETARD. ILS SONT TOUS ARRIVÉS.
UH...
UH...
UH...
PAR LES POUVOIRS QUI M'ONT ÉTÉ CONFÉRÉS JADIS...
JE VOUS INTERDIS DE QUITTER CETTE PIÈCE!
AAAH! MON DOS!
IL FAUT QUE JE TROUVE MES COLLÈGUES POUR... POUR...
UH...
UH...
TUER LES SORCIERS!
ERS. DUGOMIER. IV. 43

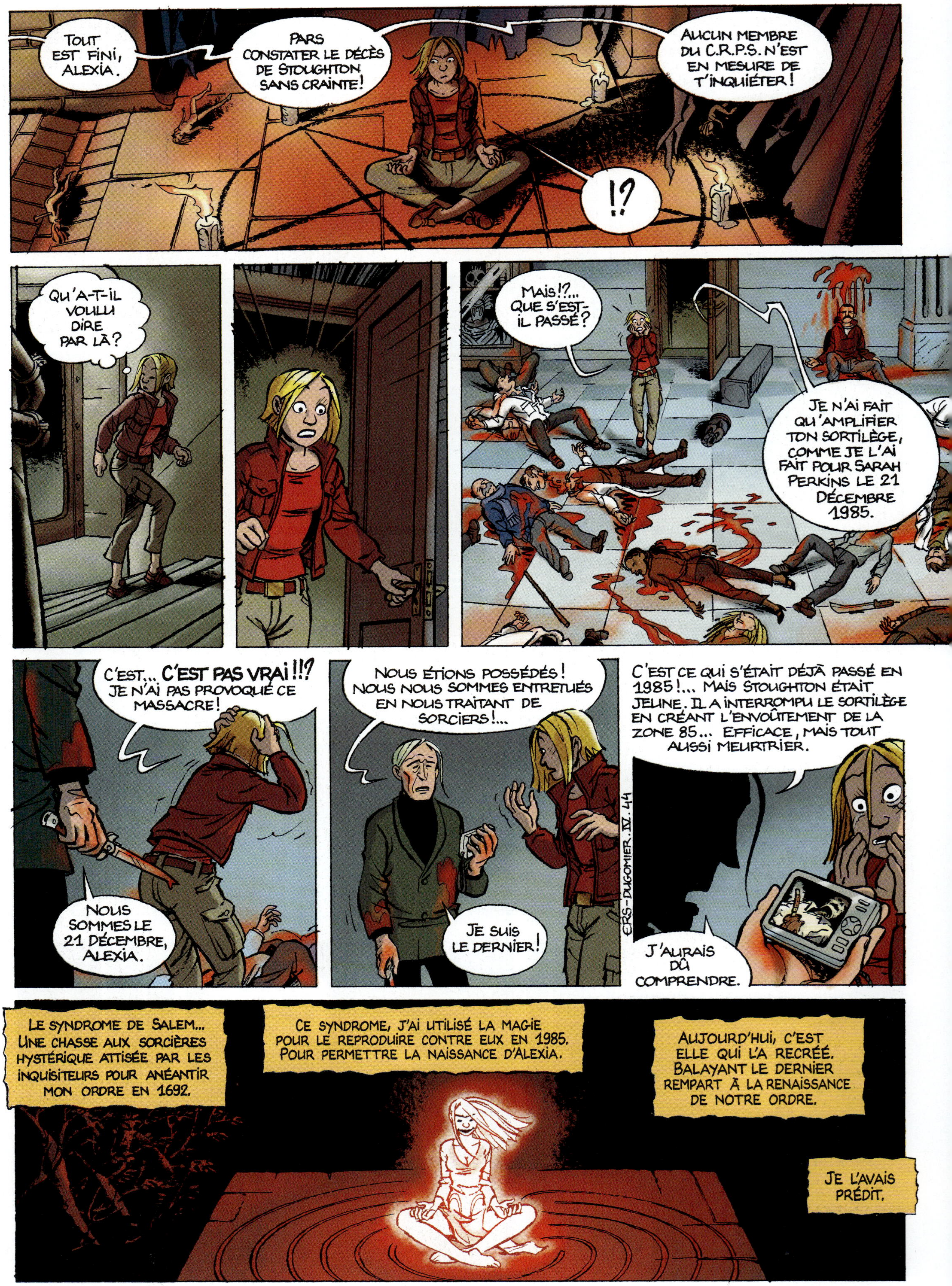

TOUT EST FINI, ALEXIA.
PARS CONSTATER LE DÉCÈS DE STOUGHTON SANS CRAINTE!
AUCUN MEMBRE DU C.R.P.S. N'EST EN MESURE DE T'INQUIÉTER!
!?
QU'A-T-IL VOULU DIRE PAR LÀ?
MAIS!?... QUE S'EST-IL PASSÉ?
JE N'AI FAIT QU'AMPLIFIER TON SORTILÈGE, COMME JE L'AI FAIT POUR SARAH PERKINS LE 21 DÉCEMBRE 1985.
C'EST... C'EST PAS VRAI!!? JE N'AI PAS PROVOQUÉ CE MASSACRE!
NOUS SOMMES LE 21 DÉCEMBRE, ALEXIA.
NOUS ÉTIONS POSSÉDÉS! NOUS NOUS SOMMES ENTRETUÉS EN NOUS TRAITANT DE SORCIERS!...
JE SUIS LE DERNIER!
ERS-DUGOMIER. IV. 44
C'EST CE QUI S'ÉTAIT DÉJÀ PASSÉ EN 1985!... MAIS STOUGHTON ÉTAIT JEUNE. IL A INTERROMPU LE SORTILÈGE EN CRÉANT L'ENVOÛTEMENT DE LA ZONE 85... EFFICACE, MAIS TOUT AUSSI MEURTRIER.
J'AURAIS DÛ COMPRENDRE.
LE SYNDROME DE SALEM... UNE CHASSE AUX SORCIÈRES HYSTÉRIQUE ATTISÉE PAR LES INQUISITEURS POUR ANÉANTIR MON ORDRE EN 1692.
CE SYNDROME, J'AI UTILISÉ LA MAGIE POUR LE REPRODUIRE CONTRE EUX EN 1985. POUR PERMETTRE LA NAISSANCE D'ALEXIA.
AUJOURD'HUI, C'EST ELLE QUI L'A RECRÉÉ. BALAYANT LE DERNIER REMPART À LA RENAISSANCE DE NOTRE ORDRE.
JE L'AVAIS PRÉDIT.

VOTRE COMBAT CONTRE STOUGHTON ÉTAIT JUSTE, MAIS VOTRE HÉRITAGE DE SORCIÈRE A PRIS LE DESSUS !
MAIS... COMMENT ? CE N'EST PAS POSSIBLE !
JE T'AI AUSSI LÉGUÉ NOTRE HAINE ET NOTRE SOIF DE VENGEANCE !
CET HÉRITAGE ÉCLORA UN JOUR EN TOI !
J'AI VOULU PROTÉGER BÉRÉNICE, ET LIBÉRER LE C.R.P.S. DES STOUGHTON !...
JE N'AI PAS VOULU ÇA !
NOUS LE SAVONS, ALEXIA... NOUS VOULIONS DEVANCER LES ACTES DE SARAH PERKINS, ALORS QU'ELLE A SIMPLEMENT CHOISI D'ATTENDRE NOTRE AUTO-DESTRUCTION.
NOUS SOMMES LE JOUR DU SOLSTICE D'HIVER. LES SOLSTICES SONT DES INSTANTS FAVORABLES AUX CIRCULATIONS D'ÉNERGIE ... AUX GRANDS ACTES DE MAGIE.
SOUVENEZ-VOUS, ALEXIA... UN 21 JUIN, JOUR DES FÊTES DE LA MUSIQUE QUI CÉLÈBRENT LE SOLSTICE D'ÉTÉ.
C'EST CE JOUR-LÀ QUE J'AI CHOISI POUR FAIRE DE VOUS UNE EXORCISTE.
!? C'ÉTAIT VOUS ?
LE BUT DE MON EXISTENCE EST DE VOUS PROTÉGER. ET VOUS PROTÉGER DE VOTRE HÉRITAGE DE SORCIÈRE RÉCLAMAIT UNE INTERVENTION FORTE.
POUR ÇA, J'AI ENFREINT LES LOIS DIVINES, ET ON M'A PRIVÉ DE MON STATUT CÉLESTE... JE SUIS DEVENU UN ÊTRE HUMAIN, ALORS QUE J'ÉTAIS UN ANGE... VOTRE ANGE GARDIEN, ALEXIA.
ERS - DUGOMIER . IX. 45
ON M'A INTERDIT D'UTILISER LES RARES POUVOIRS QU'IL ME RESTE. SUR TERRE, J'AI OUVERT LA PENSION "CHEZ GABRIEL".
POUR VOUS ATTENDRE ...
ET VOUS PROTÉGER ENCORE ...

Dessin : Ers - Scénario : Dugomier
Couleurs : Scarlett Smulkowski

— Les dessous du C.R.P.S. —

Un dossier conçu par Boris Demaria
en étroite collaboration avec le professeur Olivier Grimonprez

Prima

Clavicula

1

AVANT-PROPOS

Depuis la nuit des temps, le mystère fascine… et suscite les rumeurs les plus folles. Ainsi naissent les légendes, alimentées par des hommes qui tentent de masquer leur ignorance sous un ramassis d'inepties.

Or, l'histoire du C.R.P.S. regorge de mystères. Alchimie, runes, envoûtements… Autant de domaines qui exigent un examen critique en toute lucidité. C'est précisément ce à quoi je me suis consacré ces quinze dernières années. À l'issue de laborieux travaux, mes collègues et moi-même sommes parvenus à brosser un portrait fidèle de cette singulière institution.

Entendons-nous bien : « Les Démons d'Alexia » est une œuvre de fiction. (Était-il *vraiment* besoin de le préciser ?) L'héroïne, ses pouvoirs, les intrigues sortent tout droit de l'imagination de Dugomier et de Benoît Ers. Il n'empêche qu'ils se sont inspirés d'informations historiques avérées. Ils se les sont ensuite réappropriées, faisant du C.R.P.S. un organisme chargé de lutter contre les phénomènes paranormaux. Si la réalité est moins folklorique, nous verrons qu'elle n'en est pas moins troublante…

Pour être tout à fait franc, mes connaissances en bandes dessinées sont extrêmement pauvres. Mais j'avoue prendre un divin plaisir à relever, dans chacune des aventures d'Alexia, les allusions historiques cachées au gré des pages, ainsi que les nombreux clins d'œil iconographiques. Après avoir parcouru ce dossier, j'espère que, vous aussi, vous lirez les albums avec un regard nouveau. « Le regard de l'initié ».

Olivier Grimonprez

Professeur Olivier Grimonprez

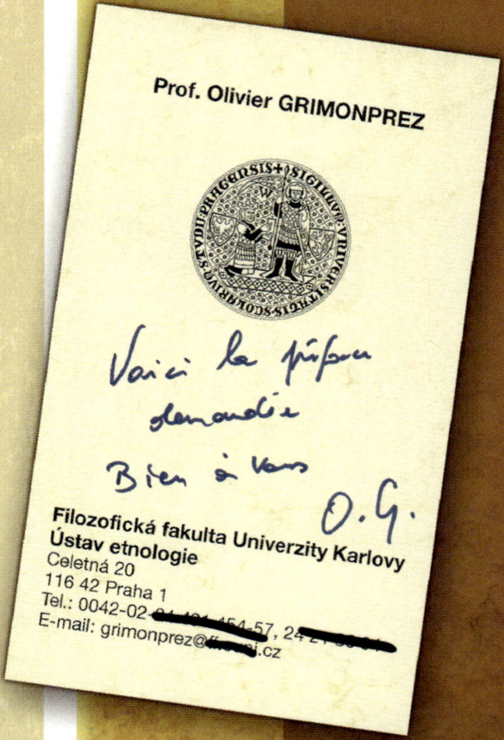

PS : Je devine qu'il s'élèvera parmi mes confrères quelques voix pour fustiger certains simplismes. Mais ce serait oublier que ce dossier n'a pas d'autre prétention que de vulgariser, à l'attention du grand public, un domaine injustement méconnu des recherches anthropologiques.

Après des études en langue et littérature tchécoslovaques à l'Université de Nice, Olivier Grimonprez s'est spécialisé dans l'œuvre de Carl Gustav Jung. Mais c'est une thèse consacrée aux sociétés ésotériques sous le royaume de Bohême qui lui ouvrira les portes des meilleures facultés d'ethnologie. Olivier Grimonprez est actuellement professeur d'anthropologie socioculturelle à l'Université de Prague. Son ouvrage « Klíã od tajemství » (« La clé du mystère ») a déjà connu quatre rééditions.

Tout commence comme un album de Tintin. Sur les étals d'un marché aux puces de la banlieue de Bruxelles, Dugomier a l'œil attiré par une boîte en carton. À l'intérieur, de vieilles photos sépia. Il ne le sait pas encore, mais le scénariste tient en main le sujet de sa prochaine série.
« Je regrette, Monsieur. Ces photographies ne sont plus à vendre ».
Dugomier se retourne et tombe nez à nez avec un élégant sexagénaire. Cet homme, c'est l'historien des sciences Harold Pirson. La boîte de photos est réservée à son nom.
Entre les deux hommes, le courant passe immédiatement. À tel point qu'ils se retrouvent, quelques minutes plus tard, autour d'un verre, à une terrasse de café.
Piqué dans sa curiosité de scénariste, Dugomier tente de diriger la conversation vers la boîte en carton. Pirson se montre énigmatique :
« Quel est, d'après vous, le point commun entre ces photographies, l'Élixir de Jouvence… et Isaac Newton ? »
Croyant à une plaisanterie, Dugomier répond par une boutade. Mais l'historien affiche un visage des plus sérieux :
« La réponse tient en un seul mot : alchimie ! »
Aussi surprenant que cela puisse paraître, le grand Newton s'est intéressé à l'alchimie. Plus qu'une simple passade, il y consacrera 25 années de sa vie, sans jamais renier pour autant les mathématiques, l'astronomie et la physique.
« Et ces hommes que vous voyez là, enchaîne Pirson en montrant les vieux clichés, font partie d'un réseau qui, autrefois, permit à Newton de se procurer des ouvrages rarissimes… »
À l'époque, ce réseau porte un nom étrange : CERCLE DES CLAVICULES. Le futur C.R.P.S.

Photographies issues de la collection personnelle d'Harold Pirson. Sans lui et le Professeur Grimonprez, « Les Démons d'Alexia » n'aurait sans doute jamais vu le jour.

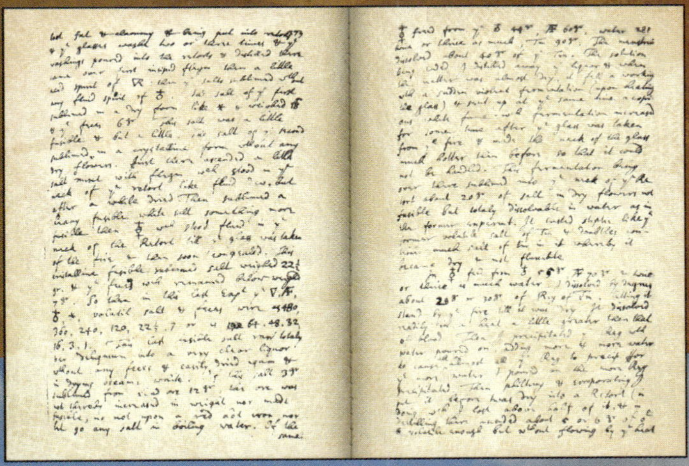

Longtemps tenus secrets, les manuscrits alchimiques d'Isaac Newton appartiennent aujourd'hui au King's College de Cambridge.

Secunda

Clavicula 2

LES ORIGINES DU CERCLE

Qui se cache derrière le Cercle des Clavicules ?
Des fidèles de l'Opus Dei ? Des francs-maçons ? Des illuminés chasseurs de fantômes ? Ou bien, comme on l'a souvent écrit par le passé, des adorateurs de Satan ?
Bien entendu, tout cela est faux.
Fondé à l'aube du XVIIe siècle*, le Cercle des Clavicules n'a jamais eu la moindre intention occulte. Les « clavicules » dont il est question n'ont d'ailleurs rien à voir avec les os. Pour en connaître le sens, il faut revenir au latin *clavicula*, un terme qui signifie « petite clé ». Dans l'esprit des membres du Cercle, ces clés sont celles « de la compréhension des mystères du monde ».
Les *claviculistes* – c'est ainsi qu'on appelle les membres – se définissent eux-mêmes comme des « scientifiques iconoclastes ». On retrouve dans leurs rangs des médecins, des philosophes, des physiciens et spécialistes de toutes sortes. Contrairement aux confréries et aux sociétés secrètes bien connues, ces hommes n'ont aucun objectif politique ou mystique.
En réalité, le Cercle des Clavicules a été créé dans un but singulier : se procurer et étudier un maximum d'ouvrages anciens condamnés par la communauté scientifique de l'époque. Le défi est pharaonique. Manuscrits, grimoires, parchemins… Aux yeux du claviculiste, tout est bon à prendre pour peu que soit attisé en lui un fol espoir : dénicher des savoirs oubliés, issus de lointains ancêtres ou – pourquoi pas ? – de civilisations disparues. De l'alchimie à la radiesthésie, en passant par le spiritisme et l'étude des points géomantiques, aucun domaine d'étude n'est *a priori* écarté.

⚒ Pourquoi les claviculistes ont-ils étudié d'obscurs grimoires alchimistes ? Peut-être parce que, sous une étoffe d'énigmes et de symboles, ces livres décrivent en détail les étapes d'expériences en laboratoire. Par exemple, les dragons représentent la distillation ; le corbeau, la calcination.

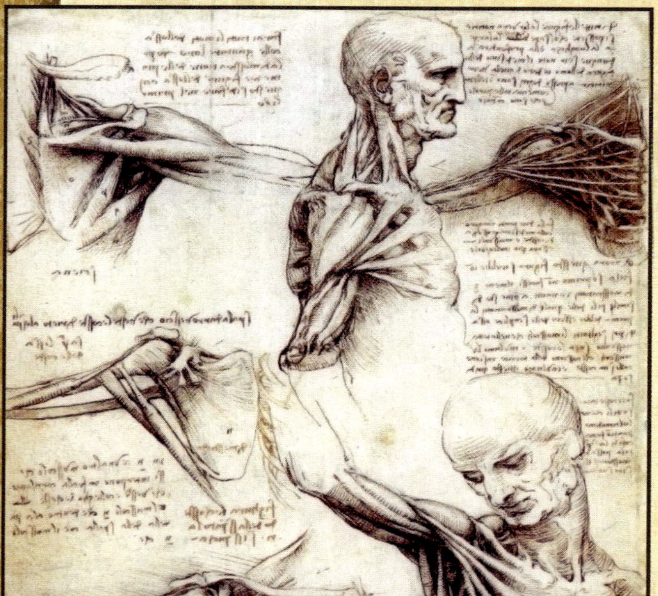

⚒ Au XVIIe siècle, certaines sectes occultes ont prétendu pouvoir lire l'avenir dans les os du thorax des défunts. En raison de son appellation étrange, le Cercle des Clavicules a parfois été soupçonné de pratiquer cette forme de nécromancie. Quoique fausse, cette idée sera reprise par Ers et Dugomier qui feront d'Olof Zünd un spécialiste en la matière.

* L'historien Harold Pirson situe précisément la fondation du Cercle au début de l'an 1607. En vérité, les circonstances de la création de cette institution, ainsi que l'identité réelle de ses fondateurs, restent encore en grande partie controversées.

« Malheur à qui révèle le secret de YORTHOPIA, qu'il soit maudit et meure d'apoplexie ! ». Telle est la mise en garde du plus célèbre ouvrage des claviculistes : *le Clavicularum Circulus.* Dans cet opus de 537 pages, vraisemblablement daté de la fin du XVIIe siècle, se retrouve synthétisée toute la philosophie du Cercle des Clavicules. « YORTHOPIA » y occupe une place centrale. Il s'agit d'un concept ésotérique qui désigne « **un état de perfection intellectuelle et morale** ».

« Comme adret et ubac,
YORTHOPIA entremêle les deux versants
d'une même montagne,
pile et face d'une même réalité. »
Clavicularum Circulus, p. 121 §5

LE SOLEIL YORTHOPIA

Ce n'est pas un hasard si le *Clavicularum Circulus* représente YORTHOPIA sous la forme d'un soleil aveugle dont les lèvres sont cousues. Il rappelle qu'en dehors du Cercle, « le silence est d'or ». Car aujourd'hui comme hier, s'intéresser à des domaines aussi marginaux que ceux des claviculistes peut coûter la réputation des plus grands scientifiques. C'est pourquoi, dès ses origines, le Cercle des Clavicules a toujours soigneusement évité la moindre publicité. Au point d'entretenir volontiers un certain climat de « paranoïa » parmi ses membres, de façon à prévenir la moindre indiscrétion.

⌘ Avec le *Splendor Solis*, l'*Aurora Consurgens* et le *Mutus Liber*, le *Clavicularum Circulus* constitue l'un des principaux ouvrages ésotériques du XVIIe siècle. À l'heure actuelle, il n'en existe plus qu'une dizaine d'exemplaires connus dans le monde. Bien qu'il ne s'agisse pas d'un manuel d'exorcisme, cet ouvrage est supposé être celui qu'Alexia tient en mains sur la quatrième de couverture de ses albums.

⌘ Inspiré par le Yin et le Yang de la philosophie chinoise, le soleil YORTHOPIA se retrouve cacheté sur tous les ouvrages étudiés par le Cercle des Clavicules. Le dessinateur Benoît Ers reprendra ce symbole pour baliser le mystérieux pays éponyme dans « Les Démons d'Alexia ». Mais aux lèvres cousues, il préférera une bouche aux dents pointues, de façon à rendre le logo plus « menaçant ».

Tertia Clavicula 3

L'AFFAIRE DE SALEM

Sous l'impulsion de nouveaux membres, les claviculistes vont peu à peu délaisser l'étude des livres anciens au profit d'une investigation « sur le terrain ». Aux rats de bibliothèque se substituent des experts chargés de mener l'enquête là où des phénomènes inexpliqués semblent se produire*.

C'est à la même époque qu'éclate sur le Nouveau Continent la tristement célèbre affaire des sorcières de Salem. Intrigué par les rumeurs qui circulent Outre-Atlantique, le Cercle n'hésite pas à envoyer des émissaires sur place, afin qu'ils fassent toute la lumière sur cette sombre histoire.

L'ÉLÉMENT DÉCLENCHEUR

Nous sommes en 1692. Dans la petite communauté de Salem Farms (Massachusetts, USA), le pasteur s'appelle Samuel Parris. D'un séjour dans les Caraïbes, il a ramené une esclave noire, Tituba. Cette dernière, pour distraire les petites Betty (9 ans) et Abigail (11 ans), raconte régulièrement des histoires de son pays. Un soir, Tituba se met à leur lire l'avenir dans un blanc d'œuf cassé dans un verre. D'abord amusées, les fillettes prennent peu à peu conscience du péché qu'elles commettent. La situation tourne au tragique lorsque Betty voit dans le verre un cercueil à la place de celui qu'elle devra épouser. Depuis cet instant, Betty et Abigail manifestent des symptômes de « possession ».

L'affaire se répand comme une traînée de poudre. Lasses d'être questionnées, les fillettes dénoncent Tituba, ainsi que trois autres femmes détestées par la communauté : Sarah Good, Sarah Osborne et Sarah Perkins, mieux connues sous le sobriquet « The Three Old Sarah ».

Vieille, sale et méchante, Good correspond au profil type de la sorcière. De son côté, Osborne est une « déviante » : elle n'a jamais mis les pieds dans une église. Quant à Sarah Perkins, elle est boudée par la communauté pour avoir eu dans sa jeunesse un enfant avec un homme marié…

La majorité des femmes condamnées pour sorcellerie sont des veuves d'un certain âge. Très vulnérables, elles ne sont généralement plus protégées par des liens familiaux. Tel était le cas de la vieille Sarah Perkins au moment des événements de Salem. Mais les auteurs d'Alexia ont préféré en faire une jeune mère.

Du point de vue biblique, la femme est marquée par le péché originel. C'est sans doute la raison pour laquelle 80% des personnes accusées de sorcellerie sont des femmes : elles sont plus volontiers considérées comme des « agents du Diable ».
Exactement comme dans « Les Démons d'Alexia »…

* En pratique, les claviculistes passeront le plus clair de leur temps à démystifier ce que les croyances populaires considéraient toujours comme « l'œuvre du Démon ».

L'INTERROGATOIRE DES ACCUSÉES

Les quatre femmes sont interrogées en public dans la « Meeting House » du village. À la différence des trois Sarah qui s'enferment dans le silence, Tituba reconnaît avoir pactisé avec le Diable et s'être rendue à des sabbats.

L'interrogatoire durera trois jours et produira un effet de suggestion sur toute la communauté. De nombreux habitants auront des visions. Ils croiront voir des monstres à cornes entrer dans leur chambre, Sarah Perkins monter sur leur lit…

La population est déchirée par la psychose et les dénonciations se multiplient. Bientôt, ce ne seront plus seulement de vieilles marginales qui seront accusées, mais également des femmes de haute estime. En quelques semaines, 70 suspectes seront emprisonnées dans des conditions épouvantables.

LE PROCÈS DES SORCIÈRES

Le 2 juin 1692, lorsque s'ouvre le célèbre procès, les magistrats n'ont aucune preuve. Qu'à cela ne tienne, l'attitude des « possédées » leur en fournit plus que nécessaire : cris déments, bouches baveuses, yeux révulsés, membres tordus, peau boursouflée par des brûlures imaginaires… autant de manifestations qui impressionnent grandement les jurés.

Aveuglé par sa foi puritaine, le gouverneur adjoint William Stoughton se transforme en Inquisiteur sans merci. Prononcés sous le coup de l'émotion, ses verdicts sont sans appel. Exécutée par pendaison à la mi-juin, la jeune Bridget Bishop sera la première victime de l'affaire de Salem. Les 'Three Old Sarah' seront les prochaines. Au moment de monter sur l'échafaud, Sarah Perkins gardera un calme olympien. Mais quand le pasteur l'invitera à se confesser, Perkins le maudira, vociférant d'abjectes injures.

De retour après avoir combattu les Indiens, le gouverneur d'État est catastrophé par la situation. Ce progressiste met aussitôt fin à la procédure et libère les prisonniers. Mais pour seize accusées, il est déjà trop tard…

⤯ Le juge William Stoughton (30 septembre 1631 – 7 juillet 1701) n'a jamais eu vent de la présence des émissaires du Cercle des Clavicules – et encore moins de leur enquête. Comme toujours, les claviculistes ont su se montrer d'une discrétion absolue. Considérer Stoughton comme un membre à part entière de ce qui deviendra plus tard le C.R.P.S., voire prétendre carrément qu'il en était le directeur (comme le présentent Ers et Dugomier dans leur série), relève donc de la plus pure fantaisie d'auteurs.

⤯ Des seize femmes condamnées à mort pour sorcellerie, seule Perkins ne sera pas réhabilitée dans les dix ans qui suivront. Contrairement à Sarah Good, Sarah Osbourne et toutes les autres, Sarah Perkins n'a toujours pas droit à son nom sur la stèle commémorative du cimetière de Salem. En vérité, son nom n'apparaît que sur une pierre gravée d'un crâne, à l'endroit même où elle est supposée avoir été enterrée, au nord-est de la forêt de Danvers (anciennement Salem Farms).

Quanta Clavicula 4

Morceau de fémur droit. Selon toute vraisemblance, cet os aurait appartenu à Sarah Perkins. Il n'est pas exposé en vitrine dans le hall du C.R.P.S., mais peut être observé au Musée d'Histoire Naturelle de New York.

LE VRAI VISAGE DE SARAH PERKINS

Que s'est-il réellement passé à Salem ?
S'agissait-il d'une simple hystérie collective ?
Les victimes du procès étaient-elles toutes innocentes ? À en juger par le rapport des claviculistes présents sur place, on est en droit d'émettre des doutes. En fait, s'il est une condamnée dont l'innocence pose question, c'est sans conteste Sarah Perkins.

LES CONCLUSIONS DES CLAVICULISTES

À quelques tournures stylistiques près*, le compte rendu des investigations des claviculistes se lit comme un Sherlock Holmes. À peine arrivés en Nouvelle-Angleterre, ils constatent le lourd climat d'insécurité qui y règne. Les guerres incessantes contre les Amérindiens, mais surtout les prédictions apocalyptiques des pasteurs, ont véritablement *traumatisé* la population. Dans ces conditions, comment s'étonner que la population ait tout de suite interprété comme une « attaque du Diable » les premiers cas de possession ?
Mais nos enquêteurs vont plus loin. Ils mettent en évidence les similitudes entre les symptômes des « ensorcelées » de Salem et ceux des malades qui ont avalé du pain de seigle infecté par un champignon microscopique : l'ergot. À l'époque, ce parasite est déjà connu des médecins d'Europe sous le nom de « mal des ardents ». Il provoque de violents spasmes musculaires, des hallucinations et la sensation que des insectes se déplacent sous la peau…
Il faudra attendre plus de 300 ans pour que le diagnostic des claviculistes soit corroboré par les travaux de l'Institut Polytechnique Rensselaer de New York. Des études ont par ailleurs montré que l'ergot est un dérivé naturel de l'acide lysergique. Mieux connu sous les initiales LSD, cet acide est le plus puissant hallucinogène au monde.
Or, tout porte à croire que Sarah Perkins connaissait les pouvoirs de l'ergot de seigle…

Claviceps purpurea, ergot de seigle : parasite des céréales. Ce champignon microscopique se retrouve dans les grains violacés du seigle. Il est virtuellement responsable de la mort par pendaison des seize « sorcières de Salem ».

* En vérité, la grande majorité des textes des claviculistes souffrent d'une rhétorique alambiquée. Leur syntaxe, particulièrement chargée, alourdit tellement la lecture qu'elle découragerait la plupart des lecteurs d'aujourd'hui.

Mais que sait-on au juste de cette femme qui a tant déchaîné les passions et que l'Histoire a peu à peu oubliée ?
Fille d'un robuste fermier, Sarah n'est jamais parvenue à faire le deuil de sa mère. Pieuse et attentionnée, Rebecca Perkins est morte tragiquement, terrassée par la foudre le jour du quinzième anniversaire de sa fille. Profondément ébranlée par ce drame, Sarah entre en colère contre Dieu pour avoir puni une femme qui ne le méritait pas. Rebecca était une bonne chrétienne ; Sarah prendra le contrepied. Elle commence à se mutiner contre la communauté et est sans cesse rappelée à l'ordre par le pasteur. Un jour, après une longue escapade dans une bourgade voisine, elle revient à Salem… enceinte. Le père, un certain David Redd, est un notable marié, ce qui entachera définitivement la réputation de Sarah. De l'enfant, on ne connaît que le sexe : un garçon. Une légende raconte que Perkins a accouché dans la forêt et sacrifié son fils au cours d'un rituel satanique. Bien qu'aucune preuve n'ait jamais étayé cette thèse, on ne sait toujours pas avec certitude ce qu'il est advenu du petit David Redd Junior…

Avec son étoile cernée dans un cercle, le pentacle est l'attribut par excellence des sorcières. Les cinq branches désignent les éléments fondamentaux en sorcellerie : le Feu, l'Air, l'Eau, la Terre et l'Esprit. Tracé à même le sol, le pentacle est censé former une zone de protection qui neutralise le démon invoqué.

UN EMPOISONNEMENT VOLONTAIRE ?

À dire vrai, ce ne sont pas les ragots qui accablent le plus Sarah Perkins dans l'affaire de Salem, mais plutôt un *Livre des Ombres* retrouvé après sa mort. Orné d'un pentacle en couverture, ce petit journal intime lui servait à inscrire le détail de ses « recettes ».
Si l'on fait abstraction des nombreux onguents fantaisistes supposés guérir des maladies différentes suivant les phases de la Lune, on ne peut qu'être troublé à la lecture de certains passages. Il y est par exemple fait mention d'un poison que l'on trouve dans les grains violacés des épis de seigle lorsqu'il fait chaud et pluvieux. Impossible de ne pas faire le parallèle avec l'ergot de seigle !
De là à penser que Sarah Perkins est effectivement à l'origine de certains cas de « possession » de Salem, il n'y a qu'un pas facile à franchir. En cela, elle semble avoir bel et bien mérité son statut de sorcière…

Les registres de Gloucester, ville située à une vingtaine de kilomètres de Salem, font état d'un David Redd Jr, né de mère inconnue et marié en 1674. Sous réserve qu'il s'agisse bien du fils de Sarah Perkins, cela signifierait que la « sorcière de Salem » a eu une descendance. En effet, l'opposante politique Matilda Hänsh-Kroemer (cf. photo) était l'arrière-petite-fille à la seizième génération de ce David Redd Jr. Le filon généalogique sera bien sûr exploité par les auteurs d'Alexia, même si la mort de Matilda, brûlée vive le 14 février 1945 lors du bombardement de Dresde (Allemagne), marque en réalité la fin de la descendance supposée de Sarah Perkins.

Quinta

Clavicula 5

EXORCISMES ET ÉGRÉGORES

Les enseignements tirés de l'affaire de Salem auront d'importantes répercussions sur l'avenir du Cercle. En effet, les claviculistes vont vouloir vérifier si un empoisonnement ne pourrait pas être à l'origine de chacun des cas de possession recensés par l'Eglise. Cela confirmerait leur hypothèse que les exorcistes du Vatican ne font rien d'autre qu'alimenter le folklore populaire... Sur ce point, les claviculistes devront vite reconnaître leur erreur.

LA PUISSANCE DE L'EXORCISME

Car, que l'on y croie ou non, le pouvoir de l'exorcisme et ses effets sur les victimes sont indéniables. Malgré leur scepticisme, une poignée de membres du Cercle vont en être témoins. Au cours d'un rituel pratiqué par un prêtre, ils ne pourront que constater la guérison en temps réel d'une femme présumée « possédée ». Dans ses moments les plus critiques, celle-ci était prise de fortes convulsions. Elle pouvait sans problème soulever et projeter une enclume de plus de 100 kilos. Après l'exorcisme du prêtre, la femme en question a pu reprendre une vie tout à fait normale...

EN QUÊTE D'UNE EXPLICATION

Pour les claviculistes, la situation est insoutenable : ils doivent avouer leur propre ignorance. L'exorcisme est une pratique supposée expulser une entité psychique maléfique qui se serait emparée d'un être humain. Mais d'où provient cette « entité psychique » ? S'agit-il du Mauvais œil ? De démons facétieux ? Les claviculistes refusent de croire à ces balivernes. Pour répondre à leur nouvelle énigme, ils vont développer une théorie audacieuse : les « égrégores ».

⌘ Les maladies psychologiques, comme l'épilepsie, l'hystérie et la schizophrénie étaient autrefois attribuées à une influence démoniaque. Aujourd'hui, ces pathologies sont reconnues et nécessitent un traitement adéquat. Cela ne signifie en aucun cas qu'on ne peut guérir ces malades en pratiquant un exorcisme !

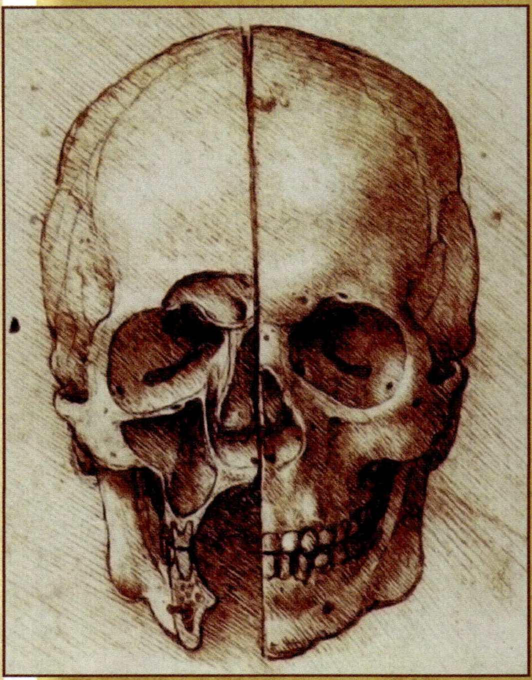

⌘ Ce n'est pas pour suivre la mode des *tatoos* qu'Alexia porte un « Stigma Diabolicum » à la cambrure du dos. Signe alchimique du soufre, il symbolise également Pan, le dieu païen à tête de bouc que les Chrétiens rebaptiseront... Satan. Selon le traité de l'Inquisition *Malleus Maleficarum* (« Marteau des sorcières », 1486), quiconque arbore un « Stigma Diabolicum » a soit pactisé avec Satan, soit fait l'objet d'un envoûtement qui ne peut être exorcisé... que sur un bûcher !

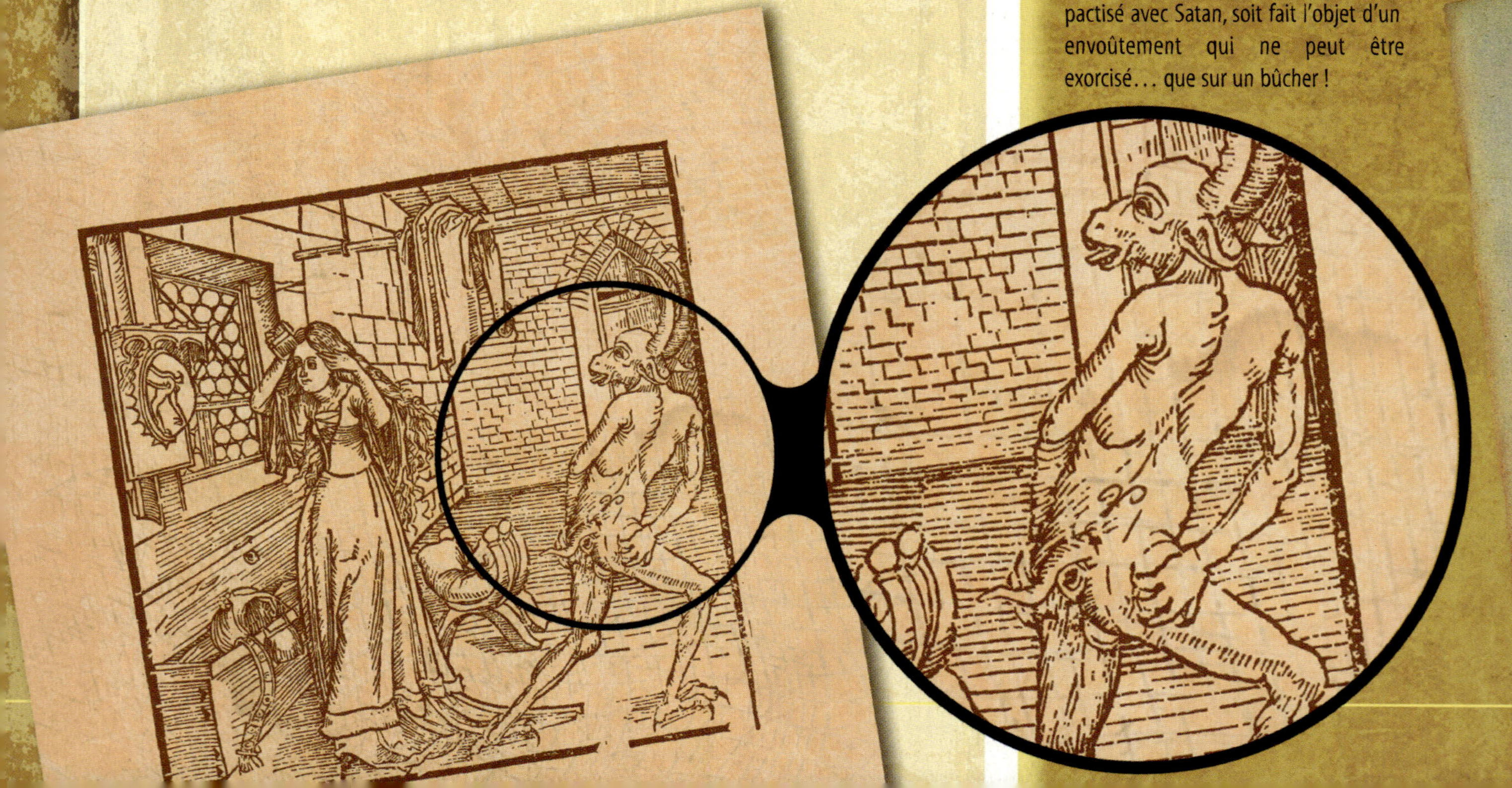

Le monde est gouverné par des forces énergétiques. C'est en tout cas la conviction des claviculistes. De toutes ces forces, il en est une qui exercerait une emprise considérable sur le cours de nos vies : l'*égrégore*.
Les grimoires du Cercle nous apprennent qu'un *égrégore* apparaît à chaque fois qu'une communauté se forme. L'*égrégore* est alors décrit comme la somme des énergies psychiques émises par les membres de cette communauté. L'ensemble de ces « mouvements énergétiques » exercerait en retour une puissante influence sur chacun de ces membres.

« Dans l'invisible hors de la perception physique de l'homme,
existent des êtres artificiels, engendrés par la dévotion,
l'enthousiasme ou le fanatisme,
et qu'on nomme Égrégores. [...]
À la manière d'un marionnettiste,
ces Égrégores tirent les ficelles de notre corps
et nous forcent parfois à agir contre notre gré. »
De Exorcizandis Obsessis a Dæmonio Egregoris
D'après un manuscrit archivé par le C.R.P.S.,
1707 (date probable).

À la différence des exorcistes du Vatican, l'approche des claviculistes se veut singulièrement athée. Pour eux, pas besoin de prières, de crucifix ou d'eau bénite pour faire sortir le « daemon » du possédé. Pour Alexia non plus, d'ailleurs...

UNE THÉORIE VISIONNAIRE

La naïveté de la formulation peut prêter à sourire. Mais replacée dans le contexte de l'époque, la théorie des « égrégores » est d'une remarquable modernité. Elle annonce, bien avant la psychanalyse, l'influence de l'*inconscient* et du regard des autres dans les comportements humains en général, et dans les cas de possession en particulier.
Pour simplifier, disons que si une personne est persuadée, par l'attitude des gens qui l'entourent, que le Diable est entré en elle, alors elle va effectivement se comporter comme si tel était le cas.

« Les possédés ne sont pas possédés du tout ; ce sont des malades. L'exorciste ne doit jamais invoquer le Diable en leur présence. Si vous le faites, vous le verrez. Du moins, le Diable tel que ces malades se le représentent. Par leur manière peu circonspecte d'aborder l'exorcisme, de nombreux prêtres provoquent et empirent ce contre quoi ils veulent lutter. »
De Exorcizandis Obsessis a Dæmonio Egregoris, Op. cit.

Sexta

Clavicula 6

L'APPEL DES RUNES

1827 marque la fin d'une époque pour les claviculistes. Stimulés par de nouveaux appuis politiques, ils décident d'installer leur quartier général en Bohême, dans une ville jadis bien connue pour ses trésors alchimiques : Prague. Cette position stratégique répond à une double volonté.

D'une part, le choix de Prague se justifie par les dernières découvertes archéologiques. On vient en effet de déterrer dans les bas-fonds de la ville des dolmens recouverts d'inscriptions runiques particulièrement intéressantes. Or, il faut savoir que les runes – et l'hypothèse d'une magie druidique qui y serait liée – étaient devenues la nouvelle marotte du Directeur de l'époque.

⌘ Le fait que les claviculistes se soient installés à Prague essentiellement en raison de la folle passion de leur Directeur pour les runes amusera les auteurs d'Alexia. À leur manière, ils montreront dans leurs histoires comment le caractère de la « tête dirigeante » peut influencer la gestion générale du C.R.P.S.

UNE FORMIDABLE BIBLIOTHÈQUE

D'autre part, les claviculistes ont toujours rêvé d'un lieu d'étude digne de leurs ambitions. Grâce à un habile détournement des largesses des Habsbourg, la bibliothèque Yorthopia (ainsi appelée en référence au concept claviculiste de « plénitude intellectuelle ») va enfin voir le jour. À la fin du règne de Napoléon Ier, cette somptueuse bibliothèque contenait, d'après les spécialistes d'aujourd'hui, entre 20 000 et 30 000 volumes (ouvrages ou manuscrits), tandis que son annexe, le Serapeum Bis, en abritait quelques 2 500. Dix vies de moine ne suffiraient pas pour dépouiller tous les rayons de Yorthopia – à supposer que celle-ci nous soit ouverte. Entre autres raretés, on pouvait y découvrir des retranscriptions aujourd'hui introuvables des œuvres d'Aristote, l'intégrale non censurée des grimoires du théologien et naturaliste Albrecht von Bollstädt, ou encore des parchemins du prêtre Yorthotep, dit l'Eunuque de l'Abyssinie, datant de près de 3 000 ans.

Les claviculistes profitent de leur nouvelle installation en Bohême pour rebaptiser leur mouvement. Désormais, ils seront membres du CERCLE DE RECHERCHE DES PHÉNOMÈNES DE LA SURNATURE. Le fameux C.R.P.S.

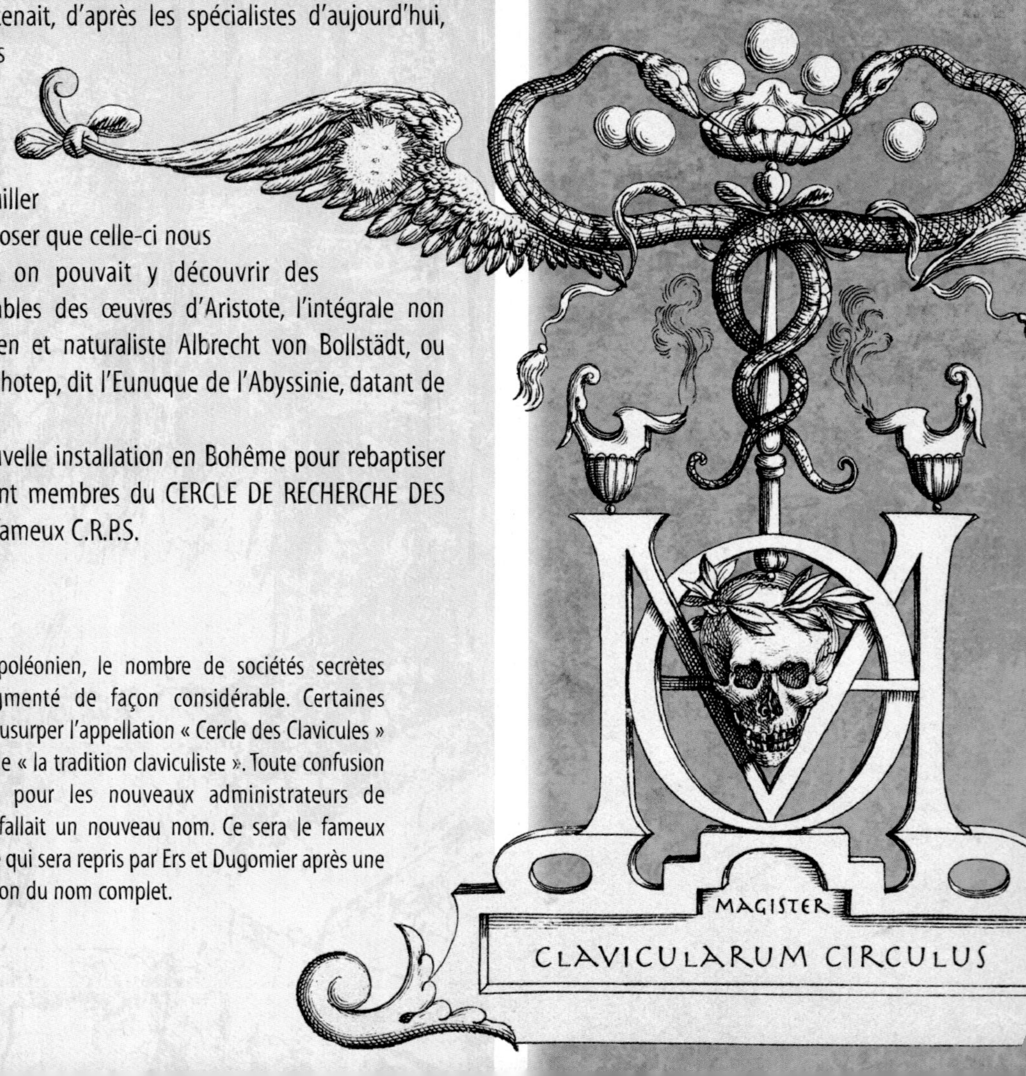

⌘ Sous l'empire napoléonien, le nombre de sociétés secrètes douteuses a augmenté de façon considérable. Certaines n'hésiteront pas à usurper l'appellation « Cercle des Clavicules » ou à se réclamer de « la tradition claviculiste ». Toute confusion étant intolérable pour les nouveaux administrateurs de Yorthopia, il leur fallait un nouveau nom. Ce sera le fameux « C.R.P.S. », un sigle qui sera repris par Ers et Dugomier après une petite modernisation du nom complet.

✂ Pour décorer les murs du C.R.P.S., Benoît Ers s'est inspiré du Futhark ancien. Il s'agit de l'alphabet runique qui était jadis utilisé par les druides à des fins ésotériques. Le mot « Futhark » provient de la contraction des initiales des six premières runes.

Rune	ᚠ	ᚢ	ᚦ	ᚨ	ᚱ	ᚲ	ᚷ	ᚹ
Nom	Fehu	Uruz	Thurisaz	Ansuz	Raidho	Kenaz	Gebo	Wunjo
Phonétique	F	OU	TH	A	R	K	G	W
Signifié	Le feu	La mère	Le géant	Le vent	Le mouvement	La maîtrise	Le don	La joie

Rune	ᚺ	ᚾ	ᛁ	ᛃ	ᛇ	ᛈ	ᛉ	ᛊ
Nom	Hagalaz	Naudhiz	Isa	Jera	Eihwaz	Perthro	Elhaz	Sowilo
Phonétique	H	N	I	Y	EI	P	Z	S
Signifié	La glace	Le sacrifice	L'unité	La cyclicité	L'éternité	Le destin	La protection	La foudre

Rune	ᛏ	ᛒ	ᛖ	ᛗ	ᛚ	ᛜ	ᛟ	ᛞ
Nom	Tiwaz	Berkano	Ehwaz	Mannaz	Laguz	Ingwaz	Othalaz	Dagaz
Phonétique	T	B	É	M	L	ING	O	D
Signifié	La justice	La naissance	L'alternance	L'homme	La croissance	La création	L'héritage	L'aube

De tous les claviculistes du XIXe siècle, le directeur de l'époque était probablement le plus cultivé, le plus diplomate et le plus charismatique. Mais il avait un énorme défaut. Il était buté. Impossible de le faire changer d'avis sitôt qu'il avait une idée en tête. Or, durant son mandat, il eut la conviction que l'étude des runes allait révolutionner l'ensemble des connaissances modernes… Il pensait en effet avoir redécouvert dans les inscriptions runiques une « magie druidique » millénaire, autour de laquelle il multiplia imprudemment les interprétations.

À sa décharge, il faut reconnaître que les inscriptions en Futhark ancien sont pour la plupart inintelligibles, ce qui ouvre la voie à toutes les hypothèses. Comme le remarque la linguiste Veronika Häagen dans un essai intitulé *Les Runes de Prague* (1913), « pour certains runologues du Cercle, le recours à l'explication magique fut un moyen – sans doute inconscient – de sauver leur honneur de savants face à un texte qu'ils ne comprenaient pas ».

UN MYSTÈRE IMPÉNÉTRABLE

Étymologiquement, le mot *rune* signifie « murmure » ou « secret ». Mais ce secret est-il de nature magique ? N'est-ce pas plutôt le fait qu'il s'agisse d'une écriture, donc uniquement lisible par un petit nombre de « lettrés », par opposition à la parole, compréhensible par tous, qui lui aurait valu le qualificatif de « magique » ?

Les runes ne sont pas magiques. Elles ont seulement servi autrefois à *pratiquer* la magie…

✂ La magie supposée des druides ne se limite pas aux runes. À Draché, dans l'Indre-et-Loire (France), se dresse un menhir appelé « Pierre Percée ». La légende raconte que les druides y pratiquaient des sacrifices humains pour apaiser les dieux. Dans la bande dessinée, la Pierre Percée permit à Alexia de recevoir son pouvoir d'exorciste lors du solstice d'été. Autrement dit, le jour qui marque le début du triomphe des ténèbres sur la lumière…

Septima Clavicula 7

✂ Artefact retrouvé sur le site archéologique de l'ancienne bibliothèque Yorthopia. D'origine inconnue, cette statuette attisera l'imagination de Benoît Ers au point qu'il proposera à Vincent Dugomier de placer des nymphes ailées sur les fresques murales du C.R.P.S.

LE C.R.P.S. AUJOURD'HUI

Que reste-t-il du C.R.P.S. aujourd'hui ?
En regard de sa splendeur d'antan, pas grand-chose. Le quartier général de Prague est tombé sous les bombes allemandes de la Seconde Guerre mondiale. De la bibliothèque Yorthopia, il ne reste plus que des ruines. Considéré comme le dernier sanctuaire de l'ésotérisme, le site est aujourd'hui devenu le lieu de pèlerinage de certaines confréries occultes. Lors de sa constitution, la République tchèque a cependant choisi d'interdire, pour des raisons de sécurité intérieure, les sociétés comme le C.R.P.S., au même titre que les organisations politiques extrémistes.
En avril 1968, le généticien François-Xavier Beyer livrait un précieux témoignage sur la survivance des claviculistes* après la fin de la guerre. Interviewé pour le magazine MASTERMIND, Beyer expliquait le fonctionnement moderne du Cercle : « Sur invitation du Comité de Direction, j'ai participé à deux conférences organisées par le C.R.P.S. Les invités sont assis autour d'une table, par ordre alphabétique. Il n'y a ni protocole, ni décorum d'aucune sorte. Des sessions thématiques sont annoncées à l'avance. Deux ou trois orateurs font un exposé avant d'ouvrir le débat ».
Lorsqu'on lui demande qui assiste à ces séances et quels sont les sujets abordés, le généticien répète invariablement : « Le C.R.P.S. érige la discrétion en condition d'appartenance au Cercle. C'est une sorte de règlement intérieur non écrit qui permet de maintenir une grande franchise dans les débats, mais qui a le gros inconvénient de créer des fantasmes. »
Un inconvénient que Benoît Ers et Vincent Dugomier ont transformé en force. Sur base d'un mystère entretenu depuis des siècles, ces deux auteurs ont développé un thriller original, en mettant en scène une héroïne partagée entre ses pouvoirs d'exorciste et son héritage de sorcière.
Gageons que l'esprit des claviculistes aidera la jeune Alexia à chasser ses propres démons…

**Par-delà la fiction,
qui sait ce que nous réserve
l'avenir du C.R.P.S. ?**

✂ Photographie prise à Prague, à l'occasion du 74e congrès des claviculistes. Pour l'anecdote, signalons que l'homme moustachu, à gauche au premier rang, n'est autre que le grand-père de l'historien Harold Pirson.

* Si, depuis Napoléon, l'appellation « Cercle des Clavicules » est tombée en désuétude, le terme *claviculiste* sera maintenu pour désigner les membres du Cercle, en hommage aux aînés qui les ont précédés.

Fragment de la façade arrière de Yorthopia, actuellement exposé au Musée National d'Histoire de Prague. Le labyrinthe, que l'on retrouve souvent dans les albums d'Alexia, est un signe ésotérique qui symbolise le cheminement de l'esprit pour accéder à la sagesse. On le retrouve également sur de nombreux sites archéologiques du nord des îles Britanniques.

Mur latéral est du Serapeum Bis. Selon le guide de l'Office de Tourisme de Prague, l'annexe de la bibliothèque sera par trois fois la proie d'un incendie, ce qui laissera planer le spectre d'une « malédiction » entourant l'édifice. Peut-être faut-il y voir l'origine de l'envoûtement de la Zone 85…

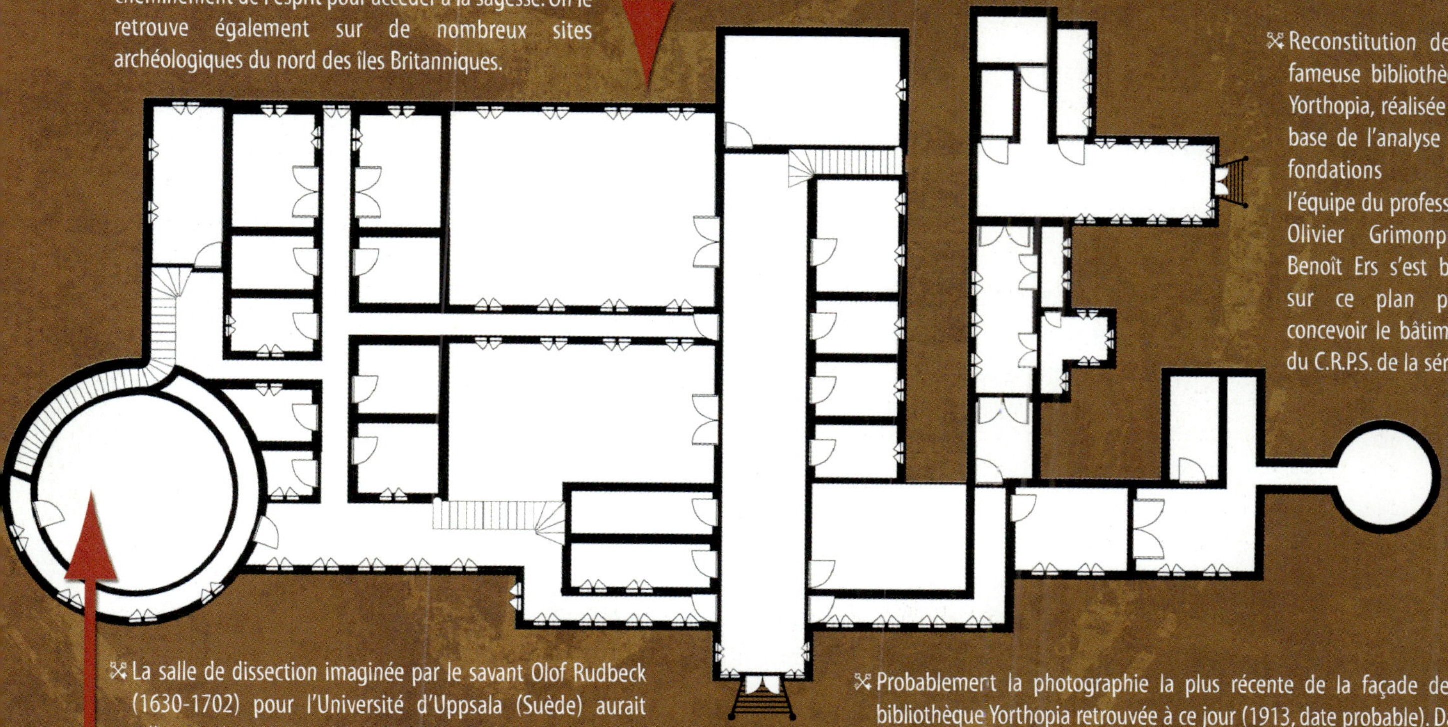

Reconstitution de la fameuse bibliothèque Yorthopia, réalisée sur base de l'analyse des fondations par l'équipe du professeur Olivier Grimonprez. Benoît Ers s'est basé sur ce plan pour concevoir le bâtiment du C.R.P.S. de la série.

La salle de dissection imaginée par le savant Olof Rudbeck (1630-1702) pour l'Université d'Uppsala (Suède) aurait tellement impressionné les claviculistes qu'ils auraient fait bâtir un amphithéâtre à l'architecture similaire dans l'aile nord de Yorthopia. Malheureusement, il ne reste plus rien de cette salle de conférence. On ne peut qu'imaginer à quoi elle ressemblait en visitant la salle de dissection suédoise…

Probablement la photographie la plus récente de la façade de la bibliothèque Yorthopia retrouvée à ce jour (1913, date probable). Dans l'esprit des claviculistes, y pénétrer équivalait à entrer dans un autre univers. Un monde où chacun pouvait trouver les réponses à ses questions. Encore fallait-il savoir où chercher…

Merci à Harold Pirson pour nous avoir permis de consulter librement
sa remarquable collection de documents.
Et merci à Bérénice pour ses excellentes tisanes…

Boris Demaria

Si je ne devais conseiller qu'un seul ouvrage au lecteur souhaitant approfondir la connaissance du C.R.P.S., ce serait sans conteste le *Mysterium conjunctionis* de Jung. Aussi inattendu que puisse sembler ce choix, je suis persuadé que sa lecture reste, encore aujourd'hui, ce qu'il y a de plus abordable, de plus passionnant et de plus instructif sur le sujet, même s'il n'aborde qu'incomplètement les champs d'étude du C.R.P.S.

Olivier Grimonprez

Carl Gustav Jung, *Mysterium conjunctionis,* tomes 1 & 2, Albin Michel.

www.lesdemonsdalexia.com
www.unitedbrains.be

DUPUIS

UNITED
BrainS